JN082159
4
a detective
está
muerta.
探偵は
もう、
死んでいる
二語十 [画]うみぼうず

「フォルダ名を小難しそうな英語の論文タイトルにリネームするの、やめた方がいいよ。すごく浅はか」
「他の人相手にならともかく、私には通用しないから。普通に面白そうだなと思って覗いてしまったし」
「だからつまりは」

「……不意打ちで私に
ああいうリアルなのを
見せないでほしい」

ふと、俺の着ていたジャケットの袖口が、
きゅっと小さな力で摘まれた。
「私がこうなったのは、少なくとも
あなたのせいだから」
月夜の下。街灯が照らす歩道で、
振り返った俺と、彼女の視線が重なる。
「何度でも言うわ。
私が部屋を飛び出したのは、
あなたのせい。
散々トラブルに巻き込まれたのも
あなたのせい。
それから……ほんの少しだけ、
未来を変えてみたくなったのも、
あなたのせい。
全部、全部、あなたのせい」

だから、と。
「責任、取ってよね？」

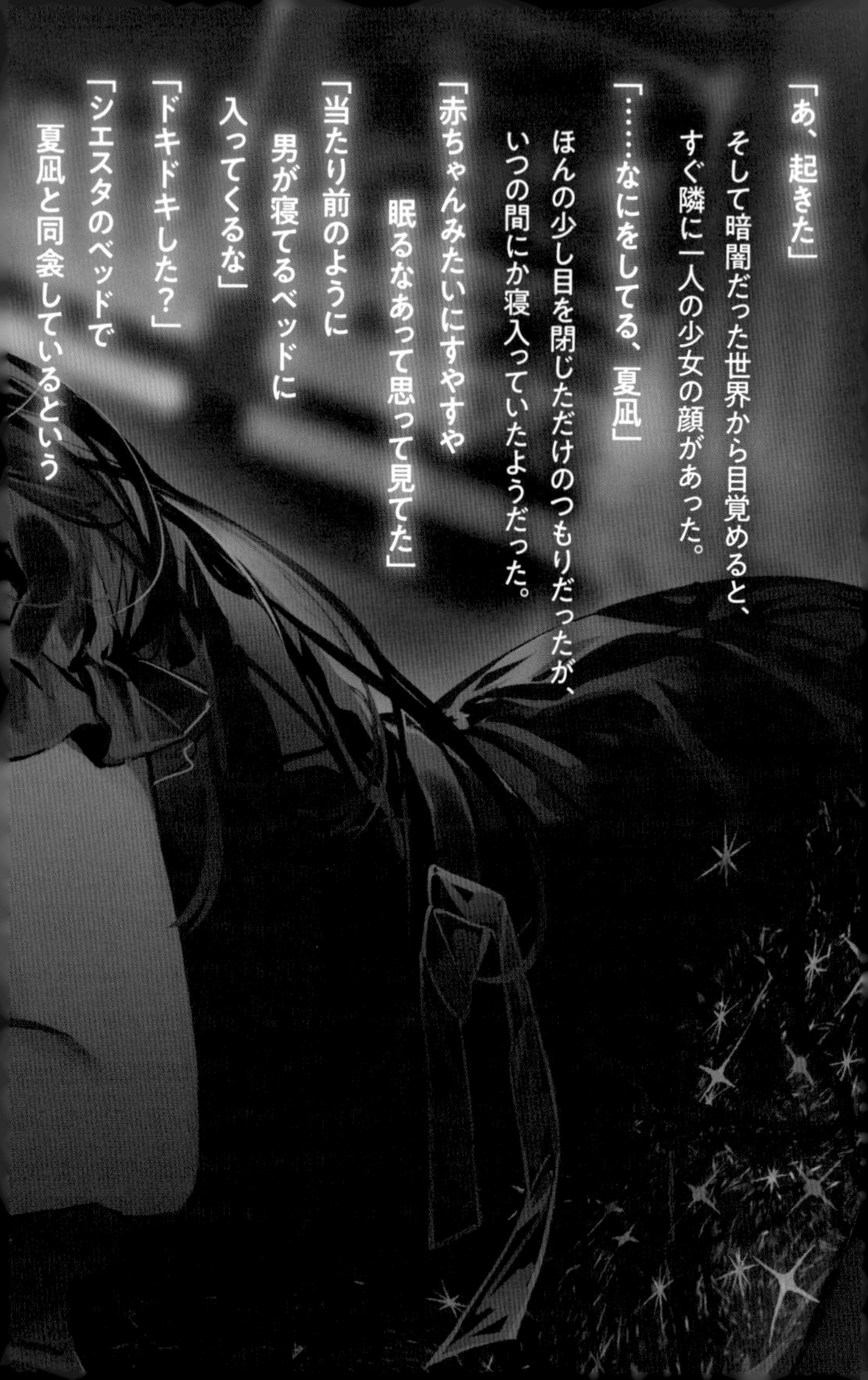
「あ、起きた」
そして暗闇だった世界から目覚めると、
すぐ隣に一人の少女の顔があった。
「……なにをしてる、夏凪」
ほんの少し目を閉じただけのつもりだったが、
いつの間にか寝入っていたようだった。
「赤ちゃんみたいにすやすや
眠るなあって思って見てた」
「当たり前のように
男が寝てるベッドに
入ってくるな」
「ドキドキした？」
「シエスタのベッドで
夏凪と同衾しているという

この状況に別の意味で
汗が止まらない」

巫女
Priestess

本名	秘匿事項
特技	秘匿事項
職業	巫女
年齢	16
国籍	イギリス
趣味	オンラインゲーム
苦手なこと	外出、運動
口癖	どうせ世界は滅ぶし……
信条	望まない、願わない、委ねない

白衣と緋袴による

巫女装束。

暮れなずむ夕陽に照らされて、

世界を守る《調律者》は

時計台の上に君臨する。

探偵はもう、死んでいる。4

二語十

MF文庫J

ContentS

口絵・本文イラスト●うみぼうず

【続・プロローグ】

「ヘリ来たわよ！」

橙色《だいだいいろ》の陽《ひ》が昇り始めた、海沿いの道路。

空に浮かぶ機体を見つけたシャルが大きく声を上げ、俺たちの方を振り返った。

「良かった、間に合ってくれました……」

すると側《そば》に居た斎川《さいかわ》はホッと胸を撫《な》で下ろし、その場に座り込む。

「夏凪《なつなぎ》、手を貸してくれ！」

「分かった……せーの！」

かけ声に合わせて俺と夏凪は、負傷した一人の少女をそっと抱え上げ、開けた場所へと移動させる。ヘリで彼女を病院へと輸送するためだ。


「――だからバカなのですか、あなた達は」


しかし当の本人は、俺と夏凪に運ばれながらもジト目で呟《つぶや》く。

「心配し過ぎです。私はあくまでロボットですよ」

そう軽口を叩《たた》くのは白銀色の髪の毛を持つ名探偵――否、その身体《からだ》をベースに人工知能を搭載して新たに誕生した《シエスタ》だった。

だが彼女は今、先の戦闘により人工の心臓を大きく破損している。それを修理《ちりょう》すべく、今は手錠を填《は》められている赤髪の女刑事の口利きで、とある特殊な施設への輸送の手続きが図られていた。

「心臓に穴が開いてるんだ。大人しく言うことを聞いてくれ」

「とは言え、君彦《きみひこ》にこう、身体《からだ》をがっつり触られると鳥肌が」

「あー！　元気そうで何よりだな！」

よくも真顔でそんな毒が吐けるな、まったく。一体どこの探偵に似たのやら。

俺は夏凪《なつなぎ》とアイコンタクトを交わして、そっと《シエスタ》を地面に下ろす。あとはヘリの到着を待つだけだ。

「君彦、これを」

ふと、夏凪の膝に頭を乗せた《シエスタ》が俺の名前を呼ぶ。そうして服の裾から何かを取り出すと、しゃがんだ俺のジャケットの胸ポケットにそれを忍ばせた。

「《シエスタ》？」

左胸のポケットに手を当てると、固い感触が伝わる。これは、一体――

「シエスタ様からです」

すると《シエスタ》は、到底ロボットとは思えない優しい微笑《ほほえ》みを湛《たた》え、

「あなた達四人が課題を乗り越えた時、これを渡すように言われていました。今君彦が知るべきことは全部そこに入っているそうです」

彼女はそっと手を伸ばし、俺の左胸に掌《てのひら》を重ねた。

「……なるほど。ここまでが、お前の仕事か」

「ええ。そしてここまでが、シエスタ様の想定していた未来です」

そう、ここまで。ここまではシエスタの想《おも》い描《えが》いた通りのルートだ。

自らを犠牲に強大な敵を押さえ込み、そして遺《のこ》した俺たちに課題を乗り越えさせる形で前を向かせる。ああ、実に見事な采配だ。事件が起こる前に事件を解決する準備を整えていた、彼女らしい手腕と言えるだろう。……でも、だったら。

「じゃあ、ここからは俺たちの好きにやらせてもらおう」

悪いが、シエスタの掌の上にばかりいるのも飽きてきたところだ。

「今の君塚《きみづか》、すごい悪い顔してる」

膝を《シエスタ》に貸している夏凪が、俺の言葉に微苦笑を浮かべる。

「お前も共犯になってくれるって話だったと思うが？」

「……う、まあ否定はできないか」

思わず顔を背けた夏凪の横顔には、さっきまで流していた涙の跡が残っていた。

「《シエスタ》さん……」

「もう少しの辛抱だから」

やがて斎川《さいかわ》とシャルも近寄ってきて、その場に膝を折る。

「ええ、修理を受けてまたいつか戻ってきます。それよりも」

心配そうに顔を覗《のぞ》く彼女たちに向かって《シエスタ》はまっすぐな瞳を向けると、

「シエスタ様のこと、よろしくお願いします」

俺たちのあの誓いを、彼女もまた願ってくれた。

それがたとえ、ある意味で主《あるじ》を裏切ることになったとしても。

「ああ、任せろ。いつか必ず……」

「あたしたちが、シエスタを生き返らせる」

俺の言葉に重ねるように、夏凪《なつなぎ》がそう力強く宣誓した。

「ええ、任せました」

そうして《シエスタ》は最後に、安心したように柔らかく微笑《ほほえ》んだ。


改めて言う。

探偵はもう、死んでいる。

だけど俺はその結末を、決して認めない。

これは俺たちが探偵の遺志を超え、彼女の描いた未来を覆す、目も眩《くら》むような物語だ。

【第一章】

◆小娘の話には耳を貸すな

あの誓いの朝から、約半日後。

「そういうわけでクソガキ、お前を懲役二万年の刑に処する」

葉巻を咥《くわ》え、鬼のような形相を浮かべた赤髪の女刑事が俺の顔に迫る。

鬼の名前は加瀬《かせ》風靡《ふうび》。

俺は彼女に呼び出され、タワーマンション最上階のこの部屋まで来たのだが……。

「……理不尽だ。まるで身に覚えがない」

一体俺はなんの罪で叱責を受けているというのか。夜景の見える大きな窓際に追い込まれた俺は、ライオンに立ち向かう気高きポメラニアンのごとく吠《ほ》え返《かえ》す。

「身に覚えがない？　ハッ、笑わせるな」

すると彼女は言葉とは裏腹に微笑すら浮かべず、

「残念だが、君塚《きみづか》君彦《きみひこ》。お前にはバイクによる法定速度違反、度重なる銃刀法違反、暴行、傷害、そして公務執行妨害の容疑がかかっている」

ギロリと睨《にら》みを利かせながら、自分の右頬を指し示した。

昨晩、俺は風靡《ふうび》さんとある理由で対立し、事を構えた。その際俺は彼女を殴り飛ばしてしまい……あれから時間は経《た》ったが、まだ頬の腫れは残っているようだった。

「そうは言うが、俺だってあんたに相当痛めつけられたからな」

「その割にはやけにピンピンしてるように見えるが？」

まあ、それは確かに。これも例の体質ゆえ身についた打たれ強さとでもいうのだろうか。

恐らく折れているだろうと危惧していた肋骨《ろっこつ》も、どうやら無事なようだった。

「そういうわけでお前はその他諸々《もろもろ》、余罪のハッピーセットで一生刑務所暮らしだ」

「ちょっと待て、弁護士を呼んでくれ！　それぐらいの権利は俺にもある！」

俺は必死に周囲を見渡す。そう、実は今晩この部屋に招集されたのは俺一人だけではない。他に三人も心強い味方がいるはずなのだ。

「なあ、夏凪《なつなぎ》！　お前もなんとか反論を……」

「わ！　お風呂でかい！　ジャグジーなんだけど！」

と、なぜだか遠くから……具体的には風呂場の方から、はしゃいだ声が聞こえてくる。

「ナギサ、まず身体《からだ》洗いなさいよ」

しかも入ってやがる。シャルと二人で。

嘘《うそ》だろ、助手のピンチに駆けつけない探偵がいるか？　いたな、一年前にも。

「まったく、仕方ないですね」

　すると、捨てる神あらば拾う神あり。一人の少女が助け船を出した。

「加瀬《かせ》さん、君塚《きみづか》さんのことを許してあげてもらえませんか？」

　彼女の名はスーパーアイドル、斎川唯《さいかわゆい》。

　普段は俺に舐《な》めた態度を取ることもしばしばだが、実は精神年齢が一番高い彼女は、今だけは俺の味方をしてくれるらしい。一人、テーブルについた斎川は、マグカップにそそいだミルクを啜《すす》りながら語る。

「確かに君塚さんは加瀬さんを殴り飛ばしてしまったかもしれません。しかしそれは仕方のないことなんです——愛ゆえなので」

「愛？」

　風靡さんと共に、俺も首をかしげる。

「そう、愛です！」

　すると斎川がテーブルをばーんと叩《たた》いて立ちあがる。

「君塚さんにとってシエスタさんは、他の何にも代えがたい存在なんです。ですからシエスタさんのためならば、警察官も《調律者》も関係なく殴り飛ばしちゃえるんです。だって君塚さんはシエスタさんのことを愛してるから……心の底から愛しちゃってるから！」

「おい人の家で鬼ごっこをはじめるな、アタシをただのツッコミ役に使うな」

まででも追いかけると心に誓った。

あの小娘だけは何があっても息の根を止めねばならない。俺は逃げる斎川《さいかわ》を地獄の果て
「きゃー！　君塚《きみづか》さん怖いです！」

「ぶっ〇す！」


「お前たちを呼び出したのは他でもない。警告のためだ」

恐らくはシリアスとコメディの順番を間違えたが、通常運転のため問題ない。

俺たち四人は改めてテーブルにつき、上座に座った風靡《ふうび》さんの説明を聞く。

「夏凪渚《なつなぎなぎさ》、斎川唯《ゆい》、シャーロット・有坂《ありさか》・アンダーソン、それに君塚君彦《きみひこ》──お前たちは《調律者》に逆らい、別の方法でシードを倒す。本当にそれでいいんだな？」

鋭い視線が俺たち一人ひとりに浴びせられる。

「そのつもりです」

答えたのは夏凪だった。そして怯《ひる》むことなく、風靡さんをまっすぐに見据える。

「あたしたちは誰も殺させないし、誰も犠牲になんてさせない。みんなで笑って、みんなで最後に勝つ。それだけがあたしたちの目標で、勝利条件」

そう。それを叶《かな》えるためにあの夜、俺たちの冒険譚《プロローグ》は始まったのだ。

「……ふん」

しかし風靡さんは不満そうに鼻を鳴らす。

俺たちの目下の敵である《SPES《スペース》》、そしてその親玉であるシード。地球環境に完全に適合できていないというシードは、乗り換えるべき人間の器を求めているという。そしてその器候補の筆頭こそが《種》の力を持ちつつも、副作用が現れていない人物——斎川唯。

世界の敵と戦う《調律者》の一人である風靡さんは、部下のシャルと共にその器を破壊、すなわち斎川を殺すことで、間接的にシードを倒そうとしていた。しかしそれを知った俺は夏凪と共に、また途中で改心してくれたシャルを加え、彼女に戦いを挑んだのだった。

「十日だ」

すると風靡さんは俺たち四人を見渡して言う。

「十日間の猶予をやる。その間に、シードを確実に討伐できるという証明をしてみせろ。それが、アタシがお前らに与えられるギリギリの温情だ」

「それができなければ？」

「その娘を今度こそ殺す」

彼女はそう告げると斎川を冷たく見下ろす。

「君塚さん、怖いです」

隣に座った斎川が、キュッと俺の袖口をつまんでくる。いくら肝の据わった斎川とは言え、《暗殺者》の殺気に気圧《けお》されているようだ。

「ああ、大丈夫だ。俺たちが守ってやる」

「やはり、わたしに対する若さと可愛《かわい》さへの嫉妬なのでしょうか」

「斎川《さいかわ》、頼むから庇《かば》い切れなくなるようなことを言うな」

「加瀬《かせ》さんも三十路《みそじ》目前ということですが、毎日のお肌の手入れに気をつけてストレスを溜《た》めない生活を送れば、まだまだ若くいられますよ！　大丈夫、諦めないでください！」

「斎川ァ！！！」

前言撤回。

風靡《ふうび》さんのこめかみが破裂しそうになっているのを見て、俺は斎川の口を押さえた。

「けどワタシたち四人だけでシードを倒す術《すべ》を……」

それから、真面目な空気に軌道修正するようにシャルが顎に指先を添える。

現状俺たちはまだ、《SPES《スペース》》の親玉であるシードのことをほとんど知らない。宇宙から飛来した植物のような存在であり、特殊な能力を宿した《人造人間《クローン》》を生み出すことができる、というぐらいの知識しかないのが実状だ。——だけど。

「だったら詳しいやつに聞くのが一番だ」

俺はそうして、ここにいないもう一人の可能性を提示する。

「シエスタだ」

シャルは虚を衝《つ》かれたように目を丸くし、一方で風靡さんはその意図を見透かそうとするように目を細める。

「あいつはいつも事件が起こる前から、事件解決の算段を立てているようなやつだった。だからシードを倒すための準備だって、あいつなりに進めていたはずなんだ」

それはたとえば、名探偵の遺産――十日ほど前、あのクルーズ船でシャルが探していたものだ。結局それは俺たち自身であったわけだが、そんな風にシエスタは《SPES》を打ち倒すためのピースを事前に残していた。そして、そんな用意周到なあいつが俺たちに、なんのヒントもなしに《SPES》やシードを倒せなどと無責任なことを言うとは思えない。

「じゃあ、マームはなにか他にも遺産のようなものをどこかに残していると？」

シャルが「そういう情報は入ってきてないけど……」と訝《いぶか》しむ。

だとしたら。三年もの間、唯一あいつの隣に居続けた俺だけが気づけるようなヒントはないだろうか。たとえばあいつとは伝説の秘宝とやらを探しにシンガポールやハワイに行ったこともある。

もしくはもう少し直近の話で、俺にとっても馴染《なじ》みが深い場所。《SPES》の最高幹部たるヘルに出遭い、最後の決戦に向かう直前に住んでいた国でもある――イギリス。最もシエスタと色濃い毎日を過ごしたあの場所に、なにかヒントは……。

「――ああ、これはそういう意味か」

俺はジャケットの左胸のポケットに入っていたあるものの存在を思い出す。

「昔、俺とシエスタがロンドンで暮らしてた時。一度、あいつが慌てて何かを机の引き出しに隠していたのを見たことがあってな」

その引き出しには錠が付けられており、俺のピッキング技術でも開かない代物だった。だがシエスタは、その時どうにかして引き出しの中身を知ろうとしていた俺に、こんなことを言ったのだった。

『――いつか私からこの鍵を奪い取ってみせることだね』

そうしてシエスタは好戦的な笑みを浮かべ、彼女の《七つ道具》であるマスターキーを指先に挟んで振ってみせたのだ。

「そして俺は今朝《シエスタ》から、この鍵を預かった」

俺はポケットから小さな鍵を取り出し、風靡《ふうび》さんたちに見せる。

それは昨晩の戦いの後、《シエスタ》が治療のためにヘリで輸送される前に、俺に手渡したブツだった。夏凪《なつなぎ》がマスケット銃を受け取ったように、俺も《シエスタ》を通して探偵の《七つ道具》を受け継いだのだ。

現状、課題を乗り越えた今の俺にシエスタが求めるのは、《SPES《スペース》》の討伐だ。そしてそのタイミングでこの鍵が俺の手に渡ったということは、《SPES》を……シードを倒すための遺産がそこに眠っていると、シエスタはそう伝えたいのではないだろうか。

「お前、ロンドンの家もまだそのままなのか？」

　すると風靡さんが怪訝《けげん》そうに訊《き》いてくる。

「まあ、はい。毎月家賃は引き落とされてるんで、おかげで金欠ですけど」

「？　だったらなぜ引き払わない？」

「……や、それは」

「加瀬《かせ》さん、それ以上追及するのはやめてあげてください！」

　と、なぜか斎川《さいかわ》が会話に割って入ってくる。

「君塚《きみづか》さんは、シエスタさんとの愛の巣を無くしたくなかったんです！」

「うるさい！　斎川、このターンでボケすぎだ！」

　俺は斎川の「別にボケではないのですが……」という呟《つぶや》きを無視して、

「というわけで俺は、明日にでもロンドンに行こうと思う」

　シエスタの足跡を辿《たど》る旅に出ることを決める。

　そこにシードを倒す……あるいはシードを識《し》るためのヒントが眠っていると信じて。

「じゃ、あたしも行く」

　そう言ったのは、正面に座る夏凪だった。

「ま、助手の面倒を見るのも探偵の役目だからね」

「……ああ、そりゃ助かる」

やれやれといった口調で、それでもウインクをしてみせる夏凪《なつなぎ》に、俺は苦笑しつつ助けを求めた。

「だったら、お前たちはそれでいい。だが残る二人——シャーロットと斎川唯《さいかわゆい》には、シードと戦うための術《すべ》を身につけてもらう」

風靡《ふうび》さんは、シャルと斎川の二人にそれぞれ目を向ける。

シードと渡り合うための術……そういえばここ数日の間で、夏凪はヘル、そして俺はカメレオンの能力をそれぞれ手に入れていた。風靡さんはそういったシードと戦うために必要な力を、改めてシャルや斎川にも授けようとしているようだった。

「まずシャーロットに関しては、一つやってもらいたい仕事がある」

そうして彼女はそう言って意味ありげに口角を上げる。

「の、望むところよ？」

するとシャルがなぜか疑問形で、微妙に目尻に涙を浮かべながら俺を見てくる。

……心中は察するが俺にできることは何もない、許せ。

「それで問題は斎川唯だが」

と、風靡さんが斎川に視線を移したその時だった。

「オレに任せろ」

刹那、背後の大きな窓が割れる音がした。

そうして闇夜から、この部屋に足を踏み入れてきたのは。

「コウモリ？」

スーツに身を包んだ金髪の男が、にやりと笑みを浮かべて立っていた。

◆共闘準備、よし

「お前、どの面下げてアタシの前に現れた」

立ち上がった風靡さんは拳銃を抜き、コウモリに銃口を向ける。

「ハハッ、取り調べの可視化が待たれるな」

それに対してコウモリは、乱入者でありながらも飄々《ひょうひょう》とそう言い返し、どかっとソファに腰掛ける。奴《やつ》は先日、風靡さんらの監視をすり抜け《吸血鬼》スカーレットの手を借りて脱獄したのだった。

「アタシがお前を仮出所させた意味を忘れたのか」

風靡さんはコウモリを鋭く睨《にら》む。そういえば昔サファイアの左眼《ひだりめ》の事件のとき、二人の間でそんな取り引きが交わされていた覚えがある。

「アタシはお前を斎川唯の監視役にするつもりだったんだがな、裏切りやがって」

……そうか、元々そういう狙いがあったのか。だがコウモリは、シードの器候補の斎川を殺そうとする風靡《ふうび》さんに逆らい、反対に斎川《さいかわ》を味方につけようとした。その顛末《てんまつ》は、あのテレビ局の屋上での通りだ。

「なに、だから今こうしてあんたらの味方につこうって言ってんじゃねえか」

するとコウモリは向けられた銃口には目もくれず、

「オレがサファイアの娘の面倒を見てやる」

斎川の方を見て、改めてそんな提案をしてきた。

「わたし、ですか」

一方の斎川はきょとんと首をかしげる。

「コウモリお前、諦めたんじゃなかったのか？」

その交渉は先日、決裂したはずだったが。

「ハハッ、そもそもオレとお前らの目的は一緒のはずだ。そして今はその物騒な女刑事も協力関係にあるんだろう？　だったらオレも仲間に交ぜてくれてもいいと思うが」

この作戦会議もご自慢の耳で遠くから聞いていたのだろう。何やらシードと因縁もあるらしいコウモリもまた、《SPES《スペース》》討伐の輪に加わろうとする。

「お前に何ができる？」

風靡さんは一旦銃を収めつつコウモリに問う。

「左眼の覚醒」

するとソファに座るコウモリは、濁った目を細めながらそう答えた。

「サファイアの娘と同じく人間でありながら《種》を宿すオレであれば、その左眼《ひだりめ》の能力をもう一段階引き上げてやることができる」

そうだ。元はと言えばコウモリもまた、シードの《種》を体内に定着させた普通の人間。手術によって左眼と共に《種》を埋められたらしい斎川と、境遇は似通っていた。

「どうだ、サファイアの娘。たとえ敵討ちに興味はなくとも、仲間のためなら戦うつもりはないか？」

コウモリはそうやって交渉の材料をシフトする。斎川はあの夜、両親の命を奪った《SPES》に対する復讐《ふくしゅう》を選ばなかった。それでも今の斎川が、なにより仲間を大事にしていることをコウモリは知っていた。

「分かりました！　ではコウモリさんにお願いします！」

それを受けて斎川は、二つ返事で頷《うなず》いてみせる。

「本当にいいのか？」

過保護だと笑われる覚悟で俺は思わず斎川に訊《き》く。

「ええ、もちろん。わたしも守られるだけじゃない……君塚《きみづか》さんたちを守れるぐらい、強くなりたいですから」

斎川は笑顔で、俺たちにピースサインを向けてくる。

「――ユイ、ありがとう」

と、次の瞬間。立ち上がったシャルが後ろから斎川《さいかわ》を抱きしめた。

元は《暗殺者》としての加瀬風靡《かせふうび》の指示により、一度は斎川を手に掛けようとしたシャーロット。だが今、二人は完全に和解しているように見えた。

「シャルさん……」

「ユイ……」

「足、揉《も》んでもらっていいですか？」

「あ、はい」

……訂正。どうやらそう簡単にシャルは斎川に頭が上がらないらしい。

「けど、とりあえず方針らしきものは立ったのか？」

俺は背もたれに身体《からだ》を預け、長く息を吐き出す。

「だね。あたしたちはロンドンに行って、シエスタが遺《のこ》しているはずのシードを倒すヒントを探す。そして唯《ゆい》ちゃんとシャルはシードと戦うための力をつける」

すると夏凪《なつなぎ》も俺に追従するように、今後の方針を語る。

「――一応訊《き》くが、ワトソン。お前のやるべきことは本当にそれでいいのか？」

しかし、そんな低い声が俺の固まりかけていた思考に待ったをかけた。

そしてそいつは美味《うま》そうに煙草《たばこ》を吹かしながら言う。

「いや、なに。愛した女を生き返らせるだのなんだの、まるで主人公の叫びみたいなものを今朝聞いた気がしてな。てっきりお前はそのために動くのかと思っていたが」

「っ、お前まで俺をいじるポジションに立つな！」

俺は立ち上がり机を叩《たた》きながらコウモリに抗議する……が、奴《やつ》は気にする素振りも見せずソファでくつろいでやがる。くそ、やはりその耳であの台詞《せりふ》も全部、遠くから聞かれていたか。

「ハハッ、誤解するな。オレが言いたいのは、シードなんかに構っていてもいいのかということだ。お前の一番の願いは、名探偵を生き返らせることなんだろう？」

コウモリは口角を上げながら俺にそう問いかける。

……ああ、確かにそうだ。

言われてみれば究極、俺にとってはシードも《SPES》《スペース》もどうでもいい。

だが《SPES》を倒してくれというのがシエスタの遺言であり、伝言だ。俺たちを最後の希望だと言ってくれたあいつの頼みを、無下にはできない。それに、だ――

「あいつがいつか生き返った時に、世界が滅んでたら本末転倒だからな」

だから俺は《SPES》と戦う。シードを倒す。

ただ、それだけのことだ。

「それに、シエスタを生き返らせるなんて奇跡が一朝一夕で叶《かな》うとは思っていない」

死者を生き返らせる――そんな荒唐無稽な話を、それでもほんの少しだけでも信じてしまいたくなるのは、先日出会った一人の《吸血鬼》スカーレットの存在が理由だった。やつは本物の吸血鬼であり、死んだ人間に再び命を宿すという信じがたい能力を持っていた――が、しかし。

「てっきり吸血鬼に頼ると思っていたが、アレを見て簡単に決断を下すほど愚かではないか」

恐らく同じ光景を思い浮かべて、コウモリは顔をわずかに顰《しか》める。

それはテレビ局の屋上で見た、地獄から蘇《よみがえ》ったカメレオンの姿だ。吸血鬼が作る《不死者》は、生前の最も強い本能以外をすべて喪失した上でしか生き返らないという掟《おきて》があったのだった。そんな形でシエスタを生き返らせることは、きっと誰も望まない。たとえ時間が掛かろうとも、別のやり方を模索する必要があった。

「……はあ、これは本来言うべきことじゃないかもしれないが」

すると、俺とコウモリの会話に割って入るように、風靡《ふうび》さんが頭をがしがしと掻《か》く。

「ちょうどお前が行く予定のロンドンには一人、アタシらと同じ存在がいるはずだ。そいつにその話を持って行けば、あるいは何かが変わるかもしれん」

「《調律者》が？」

今まで俺が実際に出会ったのは《名探偵》シエスタ、《吸血鬼》スカーレット、《暗殺者》加瀬《かせ》風靡の三人だ。確か前に聞いた話によれば彼らは全部で十二人。ではロンドンにいる《調律者》とは一体——

「《巫女《みこ》》だ」

そうして風靡さんは、俺たちに向かって一枚の写真を放り投げながらこう言った。

「その少女はこの世界の、すべての未来を知っている」

◆上空一万メートルのアゲイン

「Beef or Fish?」

地上一万メートルの空の上。

五分で始める英会話的な教材で真っ先に出てきそうなフレーズ第二位（一位は『Do you play tennis?』）にフィッシュと答えながら、俺は隣に座るツレに目を向ける。

「夏凪《なつなぎ》はどうする？」

しかし彼女は、くだんの客室乗務員の問いかけに気づいていないようで、イヤホンを耳に填《は》め、座席正面のディスプレイで食い入るように映画を観《み》ていた。

「洋画にありがちな唐突な濡《ぬ》れ場《ば》シーンで大層顔を赤らめているところ悪いが夏凪《なつなぎ》、CAさんを無視してやるな」

「ひゃっ！」

　俺が横からイヤホンを外すと夏凪は肩を跳ねさせた。

「な……ば、ばばばばば倍殺し！」

「そんなメニューはない」

　俺は改めてフィッシュ二つで、と夏凪の分もオーダーを伝える。

「……君塚《きみづか》、なんでそんな性格悪いの？」

　客室乗務員が去って行くのを見届けてから、夏凪は恨みがましく俺を見つめてくる。おかしいな、むしろそういうのを悦《よろこ》ぶタイプだと思って悪人を演じたというのに。

「いいか、夏凪。聖人は三日で飽きるが、悪人は見てて一生飽きないぞ」

「なにその美人は三日で飽きるけど逆は……みたいな理論。たとえ飽きなくても嫌いにはなるから。すでに君塚のこと嫌いになってるから！」

　夏凪は呆《あき》れたように、じとっとした目を向ける。

　ちなみに一番飽きないのは性格の悪い美人、というのは実はあまり知られていない。まあ誰のこととは言わないが。

「つまりは正しい人間ほど損をするという含蓄ある教えだな」

「嫌な教訓すぎる」

「ちなみに夏凪《なつなぎ》が観《み》ているこの映画でも、献身的に男に尽くしていた主演の女が、最後はその男を敵の銃弾から庇《かば》って撃たれて死ぬ」

「最悪なネタバレされた！」

夏凪は頭を抱え、それから「はあ」と大きくため息をつきながら電源を落とした。

「……やっぱり君塚《きみづか》嫌い。一緒にいても楽しくないもん」

そして夏凪はぷい、と分かりやすく横を向く。

が、しかし。

「そうは言うが夏凪、少なくともあと十時間は一緒だぞ」

俺は窓の外を見つめる夏凪に言う。

そう、ここは高度一万メートルの空の上——俺と夏凪は、ロンドン行きの国際便に乗っていた。空港に向かう途中、ちょっとしたトラブルに巻き込まれたせいで一つ便を遅らせることになってしまったが、目的を果たすために俺たちは前に進み続ける。

「分かってる。シエスタの遺産を見つけて、それから巫女《みこ》に会うまでは日本には帰らない」

ああ、夏凪の言う通り。巫女は《調律者》の一人にして、シエスタを生き返らせるヒントを持ち得る唯一の手がかりだ。

俺は、昨日風靡《ふうび》さんから受けた説明を思い出す。

「巫女？」

風靡さんの発言に、俺は思わず眉を顰《ひそ》めた。シエスタを生き返らせる方策について考えていた時に風靡さんが提案したその存在。しかし、よく思い返してみると確か以前に……。

「《シエスタ》さんが言ってましたね」

いち早く気づいた斎川《さいかわ》が代弁する。

それは数日前、初めて《シエスタ》から《調律者》の説明を受けた時のこと。《吸血鬼》や《暗殺者》などの役職に並んで、《巫女》という存在がいることも耳にしていた。

「ああ、そうだ。アタシ自身は直接会ったこともなければ、名前すらも知らない──だが《巫女》は未来予知の能力によりこの世のすべてを見通すことができると言われている」

風靡さんは煙草《たばこ》に火をつけながらそう答える。

「未来予知……そりゃまさしく《調律者》って感じだな」

すでに《人造人間》や《吸血鬼》に出遭っている今、未来予知という能力を「そんな馬鹿な話」と一蹴することはできない。

それに《調律者》は、世界の危機に対抗すべく任命された存在だと聞く。であるならば、きっと未来における世界の危機を予見できる《巫女》が実在するという話は、むしろ理にかなっているように思えた。

「だからもしも名探偵が生き返るなんていう未来《ルート》が存在するのなら、《巫女《みこ》》はその結末までの道筋を示すことができるかもしれない」

「……なるほど、それが《巫女》を頼れと言う理由か」

俺は改めて写真の少女に視線を落とす。どこかで盗撮されたというその写真。微妙にぶれてはいるが、青みがかった髪に欧米出身と思われる顔立ちの少女が映っている。

すべての未来の可能性を見通す彼女であれば、シエスタが生き返るルートを見いだすことができるのかもしれない——吸血鬼による蘇生法《そせいほう》だけでない、奇跡を起こす術《すべ》をも。

「ま、というわけで、お前らが名探偵の遺産をロンドンに探しに行くというのなら、そいつに会うことも選択肢の一つに入れておくといい」

それが名探偵復活の鍵になるやもしれん、と風靡《ふうび》さんはぶっきらぼうに告げる。

どうやらこれで、俺と夏凪《なつなぎ》の旅の目的が一つ増えたようだった。

「でも君塚《きみづか》さんと二人旅って、それもう渚《なぎさ》さんの個別ルート入ってません？」

すると斎川《さいかわ》がそんな茶々を入れてくる。

「斎川、人の物語を勝手に恋愛シミュレーションゲームに見立てるな」

「唯《ゆい》ちゃん、たとえ何本フラグが立とうとも、この男にその度胸はない……ないの……」

夏凪、お前は静かに胸に手を当てながら首を振るな。やたらと画《え》になりそうな微笑を浮かべるな。

「まあいい。というわけで斎川、悪いがロンドンへ行くための旅費を貸してくれ」

「え？　他の女と遊びに行くのが分かっててお金を貸す彼女がいると思います？」

年下アイドルが急に怖い。そして誰が誰の彼女だ。

「自業自得でしょ。昨日はワタシに求婚してきたのに今度は他の女って、反吐《へど》が出るわ」

「シャルまで誤解を招くようなことを言うな！　俺がいつお前に求婚なんか……求婚なんか……したな。そういえば」

よく思い返してみると風靡さんとの戦いの最中、そんな血迷った発言をしてしまった覚えがある。もちろん本意ではなかったのだが。

「わ！　なにこれ、すごい……今、なんだか腸《はらわた》が煮えくり返ってるの、すごい！」

「夏凪、テンションと発言内容が一ミリもリンクしてなくて怖すぎるぞ」

嫌なんだが。明日からこのモードの夏凪と二人っきりなの嫌すぎるんだが。

「……で、その巫女にはどうやったら会えるんです？」

俺は話を本筋に戻すべく、風靡さんに尋ねる。

「あー、実はな」

すると彼女は「提案しておいて言いにくいんだが」と、珍しくばつが悪そうにしながらこう告げた。

「巫女には決して誰も会えないと言われている」

ああ、なるほど。

どうやらそう簡単に奇跡を叶《かな》えられるほど、俺の目指す物語の結末は甘くないらしい。


「──懐かしいな」

「？」

飛行機の座席にて。思わず漏らした声に、隣に座る夏凪《なつなぎ》は首をかしげる。

「いや。四年前もこうして飛行機に乗ったなって」

謎のアタッシュケースを持って、一人。

だが地上一万メートルの空の上で、俺は──俺たちは、二人になった。

「そっか、ここが君塚《きみづか》とシエスタの始まりだったんだ」

夏凪はそう言いながら窓の外に浮かぶ白い雲を眺める。

「ああ、偶然……いや、必然的にな」

すべてはあいつの計画のうち。そうやって隣に座っていた探偵に、俺は三年にもわたる目も眩《くら》むような冒険の毎日に連れ出されたのだった。

「あ、今の君塚のその目、元カノを思い出してる感じのやつだ」

「元カノを思い出してる感じの目ってなんだよ、やめろ、鏡を見せるな」

そんな風に、過去のあの日の思い出に浸っていたからだろうか。

次の瞬間、空耳なんかではなく。

俺の両耳は、巡回してきた客室乗務員のこんな声を聞いた。


「お客様の中に、探偵の方はいらっしゃいませんか?」

◆この世界にエキストラはいない

そのフレーズを聞いて、一瞬で四年前の記憶がフラッシュバックする。

のちに、コウモリによるハイジャックであると判明することになったその事件――まさにそれをきっかけとして、俺は非日常にまみれた三年間の旅に出ることになったのだ。

「巻き込まれ体質もここに極まれりだな……」

まさか、あの日と同じような状況で同じ台詞《せりふ》を聞くとは。

そうやって四年前の再現を目の前にして、否応《いやおう》なしのこの状況に俺が頭を抱えていると、

「お客様の中に、探偵の方はいらっしゃいませんか?」

客室乗務員の声がすぐ近くに聞こえてくる。

やれ、やはり無視はできないかと思い顔を上げる――と。

「……あんたは、確か」

「お久しぶりでございます、お客様。その節は大変お世話になりました」

ここまで偶然が重なるものなのか。

俺に向かって頭を下げた彼女はまさに四年前のハイジャック事件で、俺とシエスタの下に助けを求めにきた、あの客室乗務員その人だった。

「あの時無事に事なきを得たのも、探偵様と助手様のおかげでございます」

すると二十代後半とおぼしき彼女は微苦笑を浮かべつつ、

「実はわたくし、あの日が初フライトでして。その、大変お見苦しいところを……」

当時の出来事を申し訳なさそうに回想しながら語る。

「ああ、いや」

そういえば当時、彼女が《人造人間《コウモリ》》の登場に慌てふためいていたことを思い出す。まあ新人だろうがベテランだろうが、アレを見てパニックにならない人間の方がおかしいと思うが。

「申し遅れました。わたくし、オリビアと申します。またお目にかかれて嬉《うれ》しいです——キミヅカ様」

オリビアはそう言って改めて自己紹介をする。

「君塚《きみづか》、知り合いなの？　……ＣＡさんの、知り合い？」

するとと初対面である夏凪《なつなぎ》は首を傾《かし》げ、おまけになぜか別の意図を含んでいそうな視線で俺を訝《いぶか》しんでくる。

「知り合いというか、昔一度、もらい事故を受けただけだ。邪推されるような仲じゃない」

なぜそんな申し開きをしなければならないのかは甚だ疑問だが。

「そういえばキミヅカ様、あの時とは違う探偵《じょせい》を連れてらっしゃるんですね」

「あんたもあんたで変な方向に引っかき回すな！」

「ところでロンドンへはハネムーンが目的で？」

「客室乗務員にこんなにいじられることってあるか……？」

そして夏凪は何をまんざらでもなさそうな顔をしている。えへへ、じゃないんだよ。

「ロンドンへはちょっとした忘れ物を取りに行くのと、あとは、どうしても一人会いたい人間がいてな」

まあそいつの名前すら分からないんだが、と俺は苦笑しつつそう付け足す。

「名も知らぬ誰かに会いに行く……それはまた大変な任務に挑まれておられるのですね」

するとオリビアはそう言って柔らかく目を細めた。

「それで？　また何か事件か？」

そろそろ本題に移る頃だろうと思い、俺はオリビアに尋ねる。

オリビア曰《いわ》く――現在、高度一万メートルの空の上で、警察や医者ではない、探偵が求められる事態が起こっているらしい。人造人間が出たのか吸血鬼が現れたのか、それとも宇宙人の襲来か。

四年前に比べて随分選択肢が広くなったことを嘆きながら、彼女からの回答を待っていると。


『お呼び出しいたします。座席番号A20にご搭乗のミア・ウィットロック様、このアナウンスをお聞きになられましたら、どうぞお近くの客室乗務員までお声掛けください』


そんなアナウンスが、日本語と英語によって繰り返し機内に流れる。空港ではこのような呼び出しがなされることはよくあるが……しかし機内でこれを聞くとは。わざわざアナウンスを掛けずとも、その乗客のいる座席まで直接出向けば済む話ではないのか？

……あるいは、まさか。

「いなくなったのか、その乗客が」

俺が訊《き》くと、オリビアはなんとも言えない苦笑を浮かべながら頷《うなず》いた。

「ええ。離陸した時には居たはずのお客様が、忽然《こつぜん》と」

それがあの、奇妙な機内アナウンスが流れた理由。ミア・ウィットロックなる乗客が、この上空一万メートルを飛ぶ旅客機から突然姿を消したのだ。

「当然離陸前には乗客リストと照らし合わせて、お客様全員のご搭乗を確認してから離陸の準備に入ります。しかし先ほど機内食の提供を始めたところ、お客様が一人いらっしゃらないことが判明しまして……」

オリビアはさすがに参ったといわんばかりに、額に手を当てる。

「そのミア・ウィットロックって人は一人客だったの？」

すると夏凪《なつなぎ》が、隣に座る俺を乗り越えるようにして、通路側に立つオリビアに尋ねる。

「俺の太ももに手をつくな、頭を近づけるな、お前の髪が口に入る……」

不可抗力で夏凪の甘い香水の匂いを感じつつ、その体勢のまま二人のやり取りを聞く。

「ええ、お連れ様はいらっしゃらなかったようです。ただ離陸して一時間ほど経《た》った頃、彼女らしき人物が席を離れて歩いているのを見かけた乗務員がおりました」

なるほど……トイレにでも行くところだったのだろうか。

そしてその後、彼女は席に戻ることはなく忽然と姿を消した、と。

「機内の捜索は？」

夏凪を席に押し戻しながら、代わって俺が訊く。

「もちろん、可能な限りすべてあたりました。が、いまだ発見には至っておりません」

「それで探偵をご所望というわけか……」

やれ、人造人間が出てくるような派手さはないものの、思った以上に厄介なことになりそうだ。そう、俺がため息をついていると。

「ええ、お二人の名前が乗客リストにありましたので」

オリビアは、ルージュの引かれた唇をニッと横に広げる。

「おいおい。最初から俺たちを狙い撃ちじゃねえか」

俺はだらっと座席に倒れ込む。「お客様の中に探偵の方は〜」などと言いつつ、オリビアは最初から俺たちをあてにしていたということか……。

……ん、いや待て。なにか引っかかる気がする。

「ねえ、このまま消えた乗客が見つからなかったらどうなるの？」

しかし夏凪《なつなぎ》が、その疑問が晴れる前にオリビアにそう尋ねた。

それに対する彼女の回答は——

「ええ、日本に引き返すことになりますね」

「笑顔で言わないでくれ、笑顔で……」

どうやら俺たちが最初に挑むべき課題は、シエスタの遺産を探すことでも巫女《みこ》に会うことでもなく、遥《はる》か上空一万メートルの密室トリックを破ることらしかった。

◆それがミステリのお約束

「事件の匂いがするわね」

夏凪がやたらとキリッとした顔で言った。

「事件というか別の匂いがしそうだが」

顔をしかめる俺を、しかし夏凪は無視してキョロキョロと狭い個室を見渡す。

そう、俺と夏凪が今いるのは小さな個室——航空機内のトイレだった。無論、変な意味はなく、例の事件の実況見分というわけである。

「うーん、でも変なところは……なさそう？」

夏凪は個室の天井に手を伸ばすが、天井板が外れそうな様子はない。

無論、ミア・ウィットロックなる乗客がこのトイレで姿を消したという保証はない。だが一般客が立ち入れる場所など機内にそう多くなく、そういう意味ではここも有力候補だったのだが。

「便器の中に引きずり込まれた、とかな」

正解ではないと分かっていながら、俺はそんなジャストアイデアを出す。

それは四年前、俺の通う中学校で起きた事件だ。曰《いわ》く——午前三時、とある女子トイレで手前から三番目の個室を三回ノックすると《花子《はなこ》さん》に便器の中に引きずり込まれる、と。だがその事件もシエスタの手によって鮮やかに解決されたのだった。

「じゃあ君塚《きみづか》、ちょっと屈《かが》んでみてよ」

するとと夏凪《なつなぎ》はトイレを指さし、俺を花子《はなこ》さんの犠牲にしようとする。

「夏凪、助手を当然のように人身御供《ひとみごくう》に選ぶな。そもそも人前で用を足す度胸はない」

かつての白髪の探偵ならともかく。

「というかそういうプレイこそ夏凪の出番だろ。なんかこう、好きそうだろ、そんなん」

「めっちゃ人の性癖を雑に扱われた！　いや性癖じゃないけど！」

「あ、そう」

「急にいじりに飽きないで！　いや飽きていいんだけど！」

なにやら忙しそうにじたばたしている夏凪をさておいて、俺も個室をくまなくチェックする……が、しかし不審な点は見当たらない。やはりここは外れ、か。

俺たちは一旦トイレをあとにして、他にヒントを求めて機内を歩き回る。しかし狭い機内、素人が隠れられそうな場所などそうは思い当たらない。俺たちが乗っているような長距離フライトの機体には、乗務員用の休憩スペースなどが設けられているが、そこに忍び込んだ形跡も見られない。

「他に身を隠せそうな場所と言えば、荷物入れか」

俺は座席上部に設置された荷物棚を眺めながら歩く。四年前、俺もシエスタに密輸させられていたマスケット銃をあそこに隠したものだった。

「というか、ミア・ウィットロックはどうして身を隠す必要があるの？」

すると夏凪がふいにそんな疑問を口にする。

「あたしたち、彼女が自主的に消えたことを前提に話してたけど、そう仕向けた誰かがいるって可能性もない？　たとえば——」

「監禁か」

俺が言うと夏凪は頷《うなず》いた。

ミア・ウィットロックは犯人によって、どこかに拉致監禁されている——そんな可能性も考えつつ俺たちはいつの間にか飛行機の端、コックピットまで辿《たど》り着いていた。

「あの時は、ここだったな」

この重い扉の向こうにいた《人造人間《コウモリ》》と出遭い、俺の《SPES《スペース》》との戦いの日々は始まったのだ。

「じゃあもしかしたら、今回の事件も《SPES》が関わってるとか？」

「ここまで偶然が重なると、その可能性も考慮しないとな」

それはただの受け売りで、本当は以前、夏凪自身が口にしていた言葉だ。何事も偶然などという天任せな言葉で片付けてはならない、と。その事象が起きた意味というものを考えなければならないのだ、と。

だからきっと今回のこの事件にも、なにか裏がある、背景がある。伏線が、ある。そんなことを考えつつ、俺は夏凪と共に席に戻った。

「ピースは出揃《でそろ》い始めてる気がするんだけどな」

俺は腕を組み、今まで集まった情報とキーワードを整理する。

――シエスタの遺産、巫女《みこ》探し、探偵との二人旅、四年ぶりに再会した客室乗務員、消えた乗客、上空一万メートルの密室、監禁、《SPES《スペース》》、偶然と必然。あと、他にヒントになりそうなことと言えば、彼女が言っていいいたあの台詞だが……。

「分からん。分からんものは分からん」

俺は、席を空けている間に届けられていた機内食を目の前に独りごちる。

よくよく考えてみると、このようなガチのミステリ的な難題にぶち当たるのは久しぶりだ。いやもちろん《SPES》などが関わっていれば、ただの謎解きではなくなってしまうのだが。

どちらにせよ鈍ってしまったこの脳では、正解が導き出せる気配がない。俺は軽くこめかみを揉《も》みながらふいに横を向く、と。

「……めちゃくちゃ美味《うま》そうに食うな」

ラグビー部の男子高生ばりに機内食にありつく夏凪《なつなぎ》の横顔があった。全力で旅を楽しんでるな。

「……君塚《きみづか》、それ食べないの？」

そして一人分をあっという間に完食し終えると、ちらちらと俺の分を見てくる。

なんだ、名探偵は健啖家《けんたんか》じゃないとダメな決まりでもあるのか。

「どうしてもお腹《なか》いっぱいって言うなら、あたしが食べてあげないこともないけど？」

「いや、そのツンデレは全然可愛《かわい》くないが」

ただの食いしん坊アピールをしている女子高生になってるぞ。

「じゃ、じゃあ、つまりはそれ以外のいつものツンデレは可愛いってこと？」

「ツンデレを自覚しているということはつまり、たまには自分がデレてることを認めてるってことか？」

「そ、そこまでは言ってないっ！　それ以前も言ってないっ！」

夏凪は失言を誤魔化《ごまか》すようにまくし立ててくる。よし、これでバランスが取れた。

「え、その小さなガッツポーズはなんなの？」

「基本、俺は人にバカにされる立場だからな。こうして夏凪相手にしか優位に立てない」

「あたしが最下層!?」

「まあ俺と夏凪とシャルで泥仕合、みたいなところはある」

「あー、そしてその上に唯《ゆい》ちゃん……なにこのパワーバランス」

「俺たち三人が全員女子中学生より精神年齢が低いのが問題かもしれない」

しかしこれはとても難しい問題なので、俺はかんがえるのをやめた。

「そんなことよりも、今は消えた乗客のことだ」

ある程度ヒントは集まったが、未《いま》だ真実は見えてこないのだ。

「ノックスの十戒」

すると夏凪《なつなぎ》が、俺の分の機内食をもぐもぐごくんと飲み込むと、真剣な顔で呟《つぶや》いた。

「いや、食うなよ。俺のだぞ」

なぜそんなに真顔でいられるのかは分からないが、どうせ答えてはくれまい。

「ノックスの十戒っていうのは、イギリスの推理作家ロナルド・ノックスが1928年に発表した、推理小説を書く上で守らなければならない十の掟《おきて》のこと」

「ああ、俺も一応知ってはいる。推理小説における謎解きは、読者にフェアでなければならないという理念の下に作られたルールだ……けど、それがどうかしたのか？」

まあ、当のノックス自身も後にその十戒を破る作品を発表しており、あくまでもそのルールは一つの目安に過ぎないのだが。しかし今なぜその話を？

「ほら。今あたしたちが直面してる謎解きもそれに則《のっと》ったら、もしかしたら何か見えてくるかもと思ってさ」

「……どうだろうな。真っ当な推理小説ならともかく、俺たちが普段巻き込まれてる事件にそのルールが当てはまるかというと微妙な気もするが」

たとえばノックスの十戒には「探偵方法に超自然能力を用いてはならない」や「並外れた身体能力を持つ怪人を登場させてはならない」といった項目がある。だが現在進行形で

《人造人間》たちと戦いを繰り広げている俺たちは、残念ながらこの掟の枠外にいる。

「でも今この事件に関しては、《SPES》《スペース》が関わってると決まったわけじゃないでしょ？」

「それは……そうだな。じゃあ、今回に限って使えそうな項目を考えれば良《い》いのか」

例の十戒のうち、今回のような密室の謎解きのヒントになりそうなものと言えば――

「『犯行現場に秘密の抜け穴が二つ以上あってはならない』」

二人の言葉が重なり、思わず互いに顔を見合わせる。

「じゃあさ、このルールを逆手に取って考えれば」

「ああ、飛行機の中にも一つだけなら隠れ場所があってもいいはずだ」

そしてその秘密の部屋は、きっと夏凪や俺が簡単に立ち入れない場所に違いない。

もちろんこの仮説は、たとえばこの謎解きが推理小説の中で語られる事件だったら、という前提の下に立てられている。だがもしも、その前提こそが今回の謎を解く直接的な鍵になっているとしたら――

「君塚《きみづか》、あたし分かっちゃった」

そう言うと夏凪は「いい？」と俺に向かって人差し指を向け、

「ありえない事柄を除外した末に残ったものは、どんなに信じがたくても真実なのよ！」

まるでかの名探偵ホームズのような口ぶりで、どや顔を披露してみせたのだった。

「ところで夏凪《なつなぎ》、その足下の鞄《かばん》に入ってる付箋だらけの探偵小説は面白かったか？」

「……君塚《きみづか》嫌い」

◆その未来は、遥《はる》か昔に決定されている

「こちらハーブティーです。お熱いのでお気を付けて」

オリビアは慣れた所作で、ふかふかのソファのような座席に座った俺と夏凪にカップを差し出す。

「これがファーストクラスか……」

乗り慣れたエコノミークラスとの違いは、座席の座り心地からして明らかだった。

「元々そちらは空席ですので、どうぞお寛《くつろ》ぎください」

オリビアは微笑を湛《たた》えつつ、俺と夏凪がそれぞれ座る席の間の通路に立つ。確かにこの一帯、ファーストクラスの座席は俺たち以外には乗客がいないようだった。

「でも、いいの？　あたしたちが使っちゃって」

夏凪は申し訳なさそうな顔をしながら、サイドテーブル上にあった冷えたグラスに、高そうなドリンクをどぼどぼ注いではごくごくと飲み干す。驚くほど言行が一致していないな。せめて出されたハーブティーを飲め。

「ええ、許可は貰《もら》っております。それに、あまり他のお客様の前でする話ではないかもしれませんから」

オリビアはそう告げて苦笑を浮かべると、

「それで、ウィットロック様の居場所が分かったというのは本当でしょうか？」

彼女は目を細め、俺と夏凪にそう尋ねた。

あれから真相に辿《たど》り着いた俺と夏凪はオリビアを呼び出し……すると逆に、彼女が話をする場所としてこの席を指定したのだった。

「当然だ、それを伝えるためにここに来た。……が、あとは任せていいか？　夏凪」

「ん、任せて」

すると夏凪は再びグラスいっぱいに満たしていたドリンクを飲み干すと、

「そもそも、ミア・ウィットロックを隠したのはあなたよね——ミス・オリビア？」

目の前に立つ客室乗務員に向けて、まずはそんな質問を叩《たた》きつけた。

「なるほど」

一方、言われたオリビアは小さく頷《うなず》くと、

「つい反論したくなるところですが、まずは探偵様の仮説を拝聴することにいたしましょう。それが定石でしょうから」

彼女は落ち着き払った様子で夏凪《なつなぎ》に先を促す。

「なぜわたくしがウィットロック様を監禁したと、そう思われたのですか？」

「それが唯一残った可能性だったからよ」

夏凪はオリビアの問いに対して、一度俺に言った通りのことを告げる。

「機内のどこを探してもあたしや君塚《きみづか》には見つけられない。だったら、最初からあたしたち素人には見つからない場所に隠れてるって考えるのは当然じゃない？」

「……なるほど、プロによる手が加わっていると」

オリビアは相槌《あいづち》を打ちながら、夏凪の推論に耳を傾ける。

「そう。だからきっとミア・ウィットロックは、あたしや君塚の手に届かない場所に匿《かくま》われている。たとえばコックピットとか……あるいは、機内用のミールカートとか」

夏凪はそう言って、オリビアのそばにある銀色の給仕ワゴンに視線を向ける。

普通はドリンクや機内食を配膳するためのワゴンだが、細身の女性一人ぐらいならその中に入ることは可能だろう。無論その場所が正解だとは限らないが、客室乗務員であるオリビアの協力があれば、推理小説に一つだけ許される密室からの抜け穴はこの機内に確実に実在する。

「ミア・ウィットロックは今、オリビア……あなたの監視下にある。そうよね？」

そうして夏凪は、事件の真相を犯人に突きつける。

そう、実はこれもノックスの十戒がうちの一つ「犯人は、物語の始めから登場していなければならない」というルールにも適していた。そもそもこの事件は、オリビアによる「お客様の中に、探偵の方はいらっしゃいませんか？」というあの一言から始まったのだ。

「……なるほど、面白い仮説です」

オリビアはゆっくりと目を瞑《つぶ》り、静かに頷《うなず》く。

「しかし、わたくしがそのようなことを試みる動機はなんでしょう？　なぜわたくしは、大切なお客様であるはずのウィットロック様を監禁したのでしょうか」

ああ、確かに。謎解きは推論だけでは成り立たない。オリビアの言う通り、犯人の動機すら提示できずに仮説の立証はあり得ない。だったら。

「なぜあんたが大事な客を……ミア・ウィットロックを監禁したのか。たった一言で説明してやろう」

俺はそうして助手らしく、夏凪の推理の補足を試みる。

「や、それもあたしが言っていいんだけど」

「夏凪、たまには俺の見せ場も作ってくれ」

俺は夏凪の了承を得（たことにし）て、オリビアに推理を語る。

「ミア・ウィットロックとは、世界を守る《調律者》が一人《巫女《みこ》》のことだからだ」

そう俺が告げると、オリビアはすっと目を細めた。

「巫女とは、なんのことでしょう？」

「今さら惚《とぼ》けなくていい。あんたがこっち側の人間であることは分かってる」

俺は今日、最初にオリビアと交わした会話を思い出す。彼女は俺に対して、前回とは別の探偵を連れていることをからかい……そして、夏凪《なつなぎ》の名前が乗客リストにあったから俺たちを頼ったと言っていた。

だが冷静に考えれば、俺のことはともかく、オリビアが夏凪のことまで知っているのはおかしい。しかも彼女は夏凪が探偵であることを前提に話していた。それはつまりオリビアが、今の俺たちの裏事情を知っているということに他ならない。

「では消えた乗客、ミア・ウィットロック様が、あなた方の言う《巫女》であるとそう断言できる理由は？」

「あんたが俺たちにこんな面倒な謎解きを仕掛けてきたことそれ自体がもう答えだ」

オリビアは俺たちの裏事情を把握していながら、素知らぬ顔で今回のこの厄介な事件をもたらした。そこに何かしらの意図があるのは明らかで、一体なにが狙いなのかと言えば、やはり俺たちの旅の目的——巫女に会うことを阻むことだろう。

そして、そこで思い出されるのが、日本を発《た》つ前に風靡《ふうび》さんが口にしていた「巫女には決して誰も会えないと言われている」という発言だった。このことから《消えた乗客》と《巫女》が結びつくのはそう不自然なことではない。

「あんたは何かしらの使命を負い、俺たちとミア・ウィットロックを会わせるわけにはいかなかった。だからこそ彼女を、この機内のどこかに隠したんだ」

それはきっと、俺の巻き込まれ体質による偶然——俺と夏凪が飛行機を一本乗り遅れたせいで、俺たちと《巫女》は同じ便に乗り合わせることになってしまった。しかし決して他の誰にも会うことはないという《巫女》は、顔を知られている可能性のある俺たちを避け、この機内のどこかに隠れたのだ——客室乗務員であるオリビアの手を借りて。

「なるほど、筋は通っているように聞こえますね」

ですが、とオリビアはまだ俺たちの推理に食い下がっている。

「その仮説には大きな矛盾が含まれていることに気づいていますよね？」

……ああ、バレているか。そして恐らくその矛盾とは、そもそも俺たちの推理の前提を覆しかねないものだ。

「あんたは巫女と俺たちを会わせたくない立場であるにも拘《かか》わらず、なぜこの事件の解決をその俺たちに依頼してきたか……ということだな？」

「ええ、その通りでございます。もしも探偵様の推理通り、わたくしがこの事件を引き起こした張本人であるとするならば……その解決を当のあなた方に依頼するというのは、やはり理屈が通らないかと」

無論、オリビアがあくまでも客室乗務員の立場としてこのトラブルの詳細を俺たちに説明すること自体は、そう不自然ではない。しかし彼女がこの事態を引き起こした犯人であるならば、そこにはどうしても矛盾が生じてくる。犯人が自ら探偵に事件の解決を依頼する……そんな奇妙な構図が生まれているのだ。

——けれどその矛盾を解消する仮説もまた、すでに探偵によって立てられていた。そして俺は、それを語る役割を彼女本人に託す。

「あなたは何かしらの使命を負って、あたしたちと巫女《みこ》を会わせないようにしていた」

でも、と夏凪《なつなぎ》はオリビアの真意を見抜くようにこう推理する。

「心のどこかでは、あたしたちと巫女を会わせたいと思っていた……もしくは、あたしたちが巫女に会うに値する存在であることを願って、この謎解きを通して試していた」

それが俺たちの考える、犯人がわざと進んで探偵に事件の解決を依頼した理由。きっとそれはある意味、四年前のコウモリのハイジャックと同じで——誰よりも犯人自身が、その事件が解決されることを願っていたのだ。

「……お見事です」

そうしてオリビアは薄く微笑《ほほえ》み、ようやく俺たちの仮説を認めた。

「ええ、ミア・ウィットロック様が行方を眩《くら》ませたのは、わたくしの主導によるものです。そしてその目的や、この事態を引き起こした張本人であるわたくしがあなた方にその解決を依頼した理由も、お察し頂いている通りです」

「……ねえ、だったらあなたは何者なの？」

すると夏凪は、今までの推理を踏まえても尚《なお》、一つだけ解決していない疑問をオリビアにぶつける。

「あなたが、巫女とあたしたちを会わせたくないのは分かった。でもあなたはどういう立場で巫女に手を貸してるの？」

オリビアが今回の事件の犯人だったことは明らかになったが、なぜ客室乗務員であるはずの彼女がそのようなことをするのか。そんな疑問に対してオリビアは、

「わたくしは代々《巫女》に仕える家系の者——いわば、巫女の使いです」

誤魔化《ごまか》す素振りも見せず、自らの素性を明かす。

「また巫女様は、他の《調律者》の面々にすらお会いになろうとしないお方。ですので巫女様への謁見を希望される方に対しては、わたくしが事前にふるいにかけさせていただい

ております」

……やはり、か。今回オリビアは、自作自演とも言える謎解きを俺たちに依頼した。それは俺や夏凪《なつなぎ》が、自らが仕える主《あるじ》に謁見するに値するか否かを、その目で直接見極めるためだったのだ。

そしてこの謎解きの筋書きを書いたのがオリビア本人であり、俺や夏凪にそれを解き明かす読者としての役目を与えようとしていたからこそ、今回に限ってノックスの十戒は適切に機能したのだろう。ここまで冷静かつ知的であるからには……どうやら四年前、人造《コウ》人間《モリ》を見て慌てふためいていたのは、あくまで演技だったらしい。

「これは巫女《みこ》に会うための試験だったんだな」

「ええ。もしくはわたくしの、ただの願望だったのかもしれませんが」

するとオリビアは、夏凪が口にしていた言葉を借りるようにして静かに目を瞑《つぶ》る。

それはやはり、俺たちが巫女に会うに足る人物であってほしかった、ということなのだろう。自分の主人であり、絶対に会うことはできないと言われている巫女に、それでも会ってほしかった、と。

「あなたも、なにか変えたい未来があるの?」

夏凪が目の覚めるような声で、オリビアに訊《き》いた。

すべての未来を見通すと言われる主人を、裏切ろうとしているのかと。

それはたとえば、主のためなら主をも裏切る、どこかの白髪のメイドのように。

「──さて、少しお喋《しゃべ》りが長くなってしまいましたね。そろそろ本業に戻ることにいたしましょう」

しかしオリビアはゆっくり目を開くと、夏凪の問いには答えずにその場を立ち去ろうとする。

「どうぞ、探偵様と助手様はそのままその席をお使いください。目的地まではまだまだ長い旅路ですので」

「……ちょっと待て。それはありがたい提案だがその前に、結局俺たちは巫女に会えないのか？」

てっきり試験に合格して、今から巫女とご対面……という流れだと思っていたのだが。

「ふふ、そうですね。わたくし個人としてはそれを望むのですが」

するとオリビアは最後、立ち去る前に。

「巫女様に会えるか否かは、神のみぞ知る、にございます」

俺にぐっと顔を近づけながら、大人の女性の妖艶な笑みを見せつけたのだった。

◆ラブコメ終了のお知らせ

それから十数時間後。

無事にフライトを終えた俺たちは、今晩宿泊するロンドンのホテルに到着していた。チェックインを済ませ、部屋に荷物を運び入れる。

「で？　どうしてホテルなわけ？」

すると無事な到着を祝うどころか、夏凪《なつなぎ》は不満げな視線を俺に向けてくる。

「シエスタと君塚《きみづか》の愛の巣に行くんじゃなかったの？」

だから愛の巣ではないのだが……確かに夏凪の言う通り、ロンドン到着後は元々あの家に向かう予定だった。そうすることで宿泊費も節約できるはずだったのだが。

「そうは言っても鍵がないからな」

俺は中身が空っぽになったポケットの内側を引っ張って見せる。

「はあ。盗まれるかなあ、普通」

「普通じゃないから盗まれるんだろうなあ」

これこそ俺が生まれつき持ち合わせている、巻き込まれ体質という呪い。

最初は空港からシエスタの家に向かおうとしていたのだが、その途中でふと財布が無くなっていることに気づいた。そして肝心の《七つ道具》であるマスターキーもその財布の中に入っており、出鼻をくじかれた俺たちは、とりあえずこのホテルに拠点を置くことに決めたのだった。

「にしても犯人は相当な手練《てだ》れだな。俺も昔からスリに遭い慣れてた分、並大抵の相手には盗まれないいんだが」

「嫌な慣れすぎる……。で、これからどうするの？」

「ああ、一応警察には届けたが、そうすぐに見つかるとは思えないからな」

「じゃあどうする？　扉ごとドリルで壊す？」

「俺とシエスタの愛の巣を簡単に破壊しようとするな！」

「もう自分で言ってんじゃん」

今のはジョークだ。各自見極めてくれ。

「俺たちにはシエスタの遺産を探すこと以外にもう一つ、巫女《みこ》に会うという目的もある。だったら今はそっちを当たってもいいんじゃないか？」

無論このままマスターキーが見つからないようであれば、夏凪の言う通り無理やりにでも家に入り、引き出しの錠を壊すしかないだろう。ただ唯一心配なのは、正規の方法で錠を開けなかった場合に、爆弾が起爆するような仕組みをシエスタが施していないかということだが……。

「巫女ね。あたしたち、随分舐《な》められてたみたいだけど」

夏凪《なつなぎ》は不服そうに呟《つぶや》き、「えいっ」とベッドにダイブする。

「好きな相手にどこを舐《な》められたいって？」

「性癖を披露したわけじゃないっ！」

違ったか。

ベッドの上、夏凪はうつ伏せになって足をバタつかせながら不機嫌を爆発させる。スカートから下着がちらちらと覗《のぞ》いているが、指摘したらしたで面倒くさくなりそうなので黙ってじっと見ておくことにする。

「……首筋、かな」

「いざ答えられるとリアクションに困るからマジでやめてくれ」

やけにリアルな上に謎の時間差攻撃に面を喰《く》らう。

「っ、君塚《きみづか》が訊《き》いてきたくせに」

夏凪は起き上がりベッドの上で女の子座りをすると、俺に向けて唇を尖《とが》らせる。

「そうじゃなくて。あたしが言いたかったのは、巫女《みこ》に舐められてるのが納得いかないってこと」

なるほど。散々謎解きに付き合わされた挙げ句、結局対面を許されなかったことが夏凪としては気にくわなかったらしい。だが。

「同じ《調律者》であるはずの風靡《ふうび》さんですら会ったことのない相手だからな。そう簡単に接触できる方が不自然だろう」

むしろ、巫女と間接的に関われただけでも幸先《さいさき》のいいスタートと言える。……まあそれも偶然というよりは、彼女の使いであるオリビアが一枚噛《か》んでいる様子だったが。

「今は一歩ずつ進んでいくしかない。そうして今度こそ実力で巫女の下に辿《たど》り着いて、シエスタが生き返る未来を観測してもらう」

無論、その未来が存在するかどうかなんて分からない。それでも俺はそんな荒唐無稽な願望をあえてそう断言する。あの夜明けの太陽に誓ったように。

「だから頼んだ、名探偵。これからもシエスタを取り戻す手伝いをしてくれ」

そうして俺は改めて、夏凪にそんな依頼を出したのだった。

「……しょーがないな」

すると夏凪は少し落ち着いたのか、薄く笑ってこう言った。

「探偵代行でいいなら、引き受けてあげる」

それはまるで、俺が探偵ではなく助手として彼女の心臓の持ち主を探す手伝いをすると、あの放課後の教室で約束した時の再現のようだった。そして、きっと今の夏凪の一番の願いは——自分が《名探偵》になることではなくシエスタを取り戻すことだった。

「じゃあとりあえず今は、巫女《みこ》に会うための方法でも考えてみるか」

「だね。あ、でもその前にあたし、シャワー浴びたいかも。というわけで一旦ご退場を」

しっし、と夏凪《なつなぎ》は手でジェスチャーをしながら俺を部屋から追い出そうとする。

「出て行けと言われてもな、ここは俺の部屋でもあるわけで」

「お、俺の部屋？　へ？　なんで!?　二部屋取ってないの!?」

「他のホテルはどこも満室。ここだって一部屋しか空いてなかったんだ、我慢してくれ」

「っ、せめてツインじゃなきゃ無理！」

「大丈夫だ、俺はその辺りあまり気にしない」

「あたしが！　気に！　するの！」

夏凪は怒りからか顔を真っ赤に染め上げると、小さなダブルベッドの上で、女の子座りのまま器用にぴょんぴょんと飛び跳ねる。

「この前だって一緒に一つ屋根の下で暮らしてたろ」

「その時とは状況が違うじゃん！　二人きりだし！」

「安心しろ、今回そういうくだりは一切やらないから」

「っ、な、なんであたし相手には意地でもそういうイベントを発生させないの！」

「なにか起こってほしいのかほしくないのか、どっちなんだ」

「あまりにも女の子として見られてないのが腹立つの！」

なにやら十八歳の乙女心は複雑らしい。夏凪はぐでっと布団に倒れ込む。俺も後でそこで寝るのだから、あまりシーツをぐちゃぐちゃにしないでほしい。

「……え、ひょっとして君塚《きみづか》ってあたしのこと、めちゃくちゃ嫌いだったりする？」

「なんだ、そのちょっとでも間違えた回答をしたら俺の首が飛びそうな質問は」

こんなに自己肯定感が低いやつだったろうか、夏凪は。

俺は呆《あき》れ笑いを浮かべつつ、ジャケットを仕舞《しま》おうとクローゼットの扉を開いた。するとその中に、一冊の本が置かれているのが目に入った。

「……あー、これだからあたしはダメなのか」

すると、それとタイミングを同じくして夏凪がぽつりと漏らす。

「すぐ感情的になっちゃうところがシエスタとの違い……好感度の差……」

なにやら悲しげな反省会が始まったようだ。健気《けなげ》だな。

けれど、だったら恐らくこれはその挽回《ばんかい》のチャンスだ。

きっと俺たちは今から、予想もしていなかった未来に巻き込まれる。

「夏凪、これに心当たりはあるか？」

俺はクローゼットに入っていたその本を取り出し、夏凪に差し出した。

「えっ、これって……」

夏凪が目を丸くする先にあるもの。

ヘルとしての記憶を一部共有した彼女も、どうやらこれに見覚えがあるらしい。

そう、俺たちは一年前、ロンドンの地でこれを巡って争いを繰り広げたのだ。

「ああ、間違いない——これは《聖典》だ」

【Side Charlotte】

「……っ、はあ、これで残りは四人……」

ワタシは路地裏の壁に背をつけながら、荒い息を整えるようにその場に座り込む。

傍らには、倒れた若い長髪の男が一人——いわゆる《SPES》《スペース》の残党だ。けれど少しでも隙を見せていれば、今頃ワタシがその立場になっていてもおかしくはなかった。

「ようやく片付いたか」

するとコツコツと足音が鳴り、女性にしてはハスキーな声が近づいてくる。

「だが、やはりまだ動きに無駄が多いな」

そうして彼女は煙草《たばこ》を吹かしながら、ワタシのさっきまでの戦闘にケチをつけてくる。

「だったら最初からその無駄のない動きとやらをレクチャーなさいよ——フウビ」

ワタシはコンクリートで膝を抱えたまま、やたらと偉そうな赤髪の上司を睨《にら》み上げる。

キミヅカとナギサがロンドンに旅立ってから、ワタシは彼女の指示でこうして実戦訓練を積んでいた。けれどフウビはこうして茶々を入れてくるばかりで、まともな指導をするつもりはないらしい。

「というか禁煙したはずでは？」

「禁煙？　あー、したした」

フウビはそう口で言いながらも、かつての日本の映画スターのように堂々とすぱすぱ煙を吸っては吐いてみせる。……くそむかつくわね。

「せめてアナタも手を貸してよ。部下をみすみす見殺しにするつもり？」

ワタシは立ち上がって、彼女の煙草《たばこ》をすべて没収しつつ詰問する。

今ワタシ達が相手にしているのはコウモリのような、人間でありながら《種》を宿した《SPES《スペース》》の構成員。カメレオンのような純正ほどの強さがないのは勿論《もちろん》、恐らくコウモリよりも格下ではあるものの、決して油断できる敵ではなかった。

「なにを言ってる、シャーロット。それは一年前からお前の仕事だろ」

しかしフウビは相変わらず眼光をギラつかせながらワタシに言う。

……だけど、そうだ。《SPES》の残党を倒すことは、一年前から……マームが亡くなってからは、ワタシの使命と化していた。なぜなら、それがずっとマームの言っていた役割分担だったから。

戦闘スキルに長《た》けるワタシが実戦を担当して、頭脳を生かせるキミヅカが知識とその場の判断で問題を解決する。ワタシ達がそうやって協力し合うことを、ずっとマームは望んでいたはずだった。

「……なのにあの男は」

マームを失ってから一年間、ずっとぬるま湯に浸っていたキミヅカを思い出して、再び腹が立ちそうになり……けれど今はそんな場面ではないと首を振る。

「けど、今この残党狩りを続ける意味は？　シードを直接倒す術《すべ》を探った方がいいんじゃないの？」

無論その方法は今頃、ナギサたちも調査してくれているはずだけれど。

「他の器候補を潰しておくためだ」

ワタシの問いに対してフウビは壁に背中をつけ、腕を組みながらこう答える。

「現状、斎川唯《さいかわゆい》が器候補の筆頭であることは間違いないが、しかし《種》を宿した別の人間が、シードの仮の器として消費される可能性は否定できない。今のうちにその芽を摘《つ》んでおくに越したことはないだろう」

そう言われてワタシは、さっきまで戦っていた《SPES》の構成員に目を向けた。今はうつ伏せに倒れている彼も、シードの仮の器として利用されるおそれがあったわけだ。そして、その可能性を排除するのがワタシに課せられた仕事である、と。

……確かに、それはワタシにしかできないことだった。キミヅカはともかく、ナギサやユイは優しすぎる。こうして直接手を下すのは、ワタシの仕事でいい。

「だけど、その理屈で言うならキミヅカはいいの？　キミヅカだって《種》を体内に宿してるでしょう？」

そう、彼は無謀にもカメレオンの種を飲み込み、それを無理矢理《むりやり》その身に定着させていた。であればキミヅカもまた、シードの器に選ばれる可能性もないわけではないはずだ。

「はっ、あいつもお前に殺されるなら本望だろう」

するとフウビはそんな、ジョークとも本気とも判別できかねることを平気で呟《つぶや》く。

……でも、もしもキミヅカが本当に器候補に選ばれるようなことがあったら。あるいは《種》に意識や身体《からだ》を乗っ取られ、いつかの怪物のごとき姿に変化したカメレオンのようになったら。その時、ワタシは——


「アタシが言いたいのは、そういうところだ——シャーロット・有坂《ありさか》・アンダーソン」


次の瞬間、フウビの投げたダガーナイフがワタシの頬を掠《かす》めた。

慌てて振り向くと、そこにあったのは——ワタシが気絶させていた男の背中から伸びた《触手》を、フウビの投擲《とうてき》したナイフが切断している光景だった。そうしてフウビは《SPES《スペース》》の名もなき残党に近づくと、容赦なく銃口を向けとどめを刺した。

「同情でもしていたか、倒すべき敵に」

フウビは振り向き、鷹《たか》のような眼光でワタシを見つめる。

「いらぬ優しさを断ち切れ。甘えを捨てろ。情けで手を抜くな。君塚君彦《きみづかきみひこ》には、夏凪渚《なつなぎなぎさ》には、斎川唯《さいかわゆい》には、それができない。だったらお前がやれ。お前があいつらの輪の中にいたいと願うなら、せめてあいつらにできない仕事をお前が果たせ」

……そうだ。決してこの前の一件で、フウビがワタシを認めたわけではない。彼女がワタシの甘さを許すことは、きっとこの先もないのだ。

「銃を握ったら撃て。剣を抜いたら振るえ。戦いが始まったら仕舞《しま》いには殺せ。守りたいものと守れないものとの区別を冷酷につけろ。たとえその結果、世界中を敵に回すことになろうともな」

そう言ってフウビは、すっと目を細める。

「すべては守れないと？」

「すべてを守れるだけの力を手にしてから言え」

……正論だ。どうやらワタシは彼女に、口喧嘩《くちげんか》でも勝てないらしい。

だけど彼女の信念は本物だ。

協調性を捨て、他人を信用せず、己が信じた使命だけのために生きる。それゆえに彼女は、基本は単独で動く《暗殺者》として《調律者》の一端を担い、世界を裏側から守ってきた。

「ねえ、どうしてアナタは《SPES》の討伐に手を貸すの？」

でも、だからこそ疑問に思うこともある。なぜ他人に与《くみ》することのない彼女が、今でもマームのやり残した仕事を手伝おうとしているのか。

「お前と同じだ」

するとフウビは、いつの間にかワタシから再びくすねた一本に火をつけながら言う。

「アタシもアレを殺せなかった」

そして煙を吐き出しながら、意外にも簡単に過去を語り始める。

彼女の言うアレとは、きっとかつての《名探偵》のことだ。五年前、ワタシも当時所属していた組織から、マーム暗殺の指令を受けたことがあった。

「当時、《SPES》《スペース》の施設から逃げ出したばかりのあいつを処分することが、《暗殺者》であるアタシに言い渡された指令だった」

「《調律者》としての仕事だったっていうこと？　どうして上はそんな判断を？」

「その時すでにアレは、シードの器候補であることが分かっていた。間接的にシードを倒すべく、早いうちに芽を摘《つ》んでおこうという狙いだったんだろう」

……なるほど。この前のユイの時と同じ作戦が、当時マームに対しても実行されようとしていた、と。

「だがあいつは生き延びた」

フウビは、空に昇る煙を見つめながら続ける。

「アタシが地の果て、海の底、空の上まで追おうとも、あいつは逃げて逃げて、時にはしっかり反撃をかましてきながら、逃げ延びた。『自分に課せられた使命を果たすまでは、ミサイルを撃たれても死ぬ気はない』と、ムカつく微笑を湛《たた》えながらな」

そう語る彼女の口元も、どこか緩んでいるように見えた。

「そして見事に《暗殺者》から逃げおおせたあいつは、その実力が認められたこともあって《調律者》の一人に名を連ねることになった。その後《SPES》の討伐は正式に《名探偵》に一任されることになったたってわけだ」

フウビはさっきとは一転、「人から仕事を奪いやがって」とわざとらしく不満げに漏らす。そうしてワタシは今の話を聞き終えて、一つだけ疑問に思ったことがあった。

「本当にアナタは全力を尽くした上で、マームを仕留め損ねたの？」

五年前、今よりはるかに未熟だったワタシはともかく、当時から《暗殺者》として裏世界で名を馳《は》せていた彼女が、本当にそう何度も任務に失敗したのか。

もしかしたらこの人もまた、ワタシと同じようにマームになにかを感じ取ったのではないか。だから毎回とどめを刺さずに生かしたのではないか。そんなワタシの疑問に対して、フウビは。

「へえ、おもしれー女——と一瞬思ったことは否定しない」

そんな、普段の彼女らしからぬ軽口でこの話を締めたのだった。

「さて、無駄話が過ぎたな」

フウビは携帯灰皿で煙草《たばこ》の火を消すと、

「アタシはちょっと野暮用《やぼよう》で抜けるが、お前は引き続き仕事を頼む」

ワタシに《SPES》《スペース》の残党を倒す指示を残し、立ち去ろうとする。

「野暮用ってもしかして、上からの——連邦政府からの呼び出し？」

ワタシは思わず、フウビの背中に向かってそう尋ねた。

それは例えば、フウビが勝手に《名探偵》の領分であるはずの《SPES》討伐に力を貸し続けていることに対する叱責。

あるいはその逆。今回《暗殺者》である彼女に下されていた指令こそが《名探偵》のやり残した仕事の後処理であり、けれどサイカワユイを殺せなかったことで、そのミッションを果たせなかった責任を追及される、だとか。

「呼び出し？　いや、違うな」

するとフウビは、その場で一度足を止めると、

「アタシはただ、ちょっくら喧嘩《けんか》をしにいくだけだ」

脱いだジャケットを右肩に掛け、好戦的にそう呟《つぶや》いたのだった。

【第二章】

◆謎解きはフィッシュアンドチップスと共に

あれから俺と夏凪《なつなぎ》は、ホテル近くのレストランに場所を移し、テーブルで向かい合って昼食を取っていた。腹が減っては謎解きはできないという、名探偵の提案によるものである。

「まさか、またこれを見ることになるとはな」

そうして俺はテーブルに置いた一冊の本を尻目に嘆息する。

裏表紙が外れており、ページのほとんどが途中で落丁しているようだったが……間違いなくそれは《聖典》だった。その証拠に中を開くと、俺やシエスタがこの数年間にわたって体験した出来事の一部がそこには記されている。

「これも偶然……なわけないよね、きっと」

夏凪は、ポテトを摘《つ》まみながら難しい顔を浮かべる。

俺が初めて《聖典》を見たのは一年前。そして当時それを所持していたのは、夏凪渚《なぎさ》のもう一つの裏人格《ヘル》だった。未来に起こる出来事が記述されているという《聖典》だが、その本来の持ち主はシードであり、ヘルを含む《SPES《スペース》》の幹部はその指示に従って地球への侵略行為を進めているという話だった。

そうして今、約一年越しに俺たちの目の前に《聖典》は再び出現した。だが夏凪の言う通りそれを、偶然の一言で片づけるわけにはいかない。なぜこの本が俺たちの下に巡ってきたのか。まさかシードによる罠《わな》なのか、それとも。

「——巫女《みこ》」

俺の口からついて出たのは、その存在だった。

「実は、あたしも同じ事を思ってた」

すると夏凪も俺の意見に同調する。

「《聖典》には、未来に起こる出来事が記されてる。もしもそんなものを書いている人物がいるとして、誰が一番相応《ふさわ》しいかって考えたら、やっぱり巫女しかいないと思う」

ああ、俺が考えていた通りの仮説だ。無論、シードに未来予知のような能力がある可能性も完全には否定できないが……どちらかと言えばやはり巫女の方が、風靡《ふうび》さんやオリビアの証言も取れている分、信憑性《しんぴょうせい》は高いだろう。

「つまりは《聖典》の本来の所有者は巫女であり、シードは過去、それを何らかの方法で彼女から奪っていた……って説が有力かもな」

そしてもう一つ、この《聖典》の所有者が巫女であると推測できる理由があった。

俺は落丁が見られる《聖典》の、現状の最後のページを開く。

そこに書かれていたのは——

「怪物《メデューサ》がロンドンの街を襲う、ね」

夏凪《なつなぎ》が目を細めながら、一週間前の日付が記されたそのページを見つめる。

もしその予言が本当であれば、どうやら今この街ではメデューサなる怪物が闊歩《かっぽ》しているらしい。

「これも巫女《みこ》陣営があたしたちに仕掛けた試験ってことよね。あたしたちが本当に会うに値する人物か否かを判断するための」

「そう考えるのが自然だろうな。端的に言えば、『妾《わらわ》に会いたければ、ロンドンの街を恐怖に陥れている怪物《メデューサ》を倒すことよの』という巫女のメッセージだろう」

「今の気持ち悪い女声はなに？　まさか巫女の物真似《ものまね》？」

「気持ち悪い言うな。あくまでイメージだが、多分こんな感じだろ。知らないが」

ただの一度も顔を合わせず、使いの者を通じてあれこれ面倒な謎解きを仕掛けてくるぐらいだ。きっと偉そうに玉座にふんぞり返っているタイプの、生意気でわがままな少女に違いない。知らないが。

「でもさ、本当にこっちが先でいいの？」

すると夏凪は、俺の決断の正当性を問うてくる。

「最初はシエスタの遺産を取りにいくはずで……それが巫女を探すことになって。でも今

は また、別の事件を追おうとしてる。段々答えから遠ざかってたりしないかな？」

……ああ、確かにそれも正論だな。

風靡《ふうび》さんに設けられた、打倒シードの期限があと十日。それまでに俺はシエスタが残した遺産を見つけ、またシエスタ復活の鍵となる巫女に会う必要もある。異国の地で正体不明の怪物を相手にする時間など、本来ないのかもしれない。——だけど。

「目の前の事件に見て見ぬふりをしたまま、あの家には帰れないからな」

一度乗りかかった事件だ。それを放り出して帰ろうものなら、間違いなくシエスタに怒られるだろう。今どこかでメデューサなる怪物に襲われている人がいるとするならば、それを無視することはできない。

「……そっか」

夏凪は息を吐き出すように小さく呟《つぶや》くと、

「ま、君塚《きみづか》がいいならそれでいっか」

やれやれと言わんばかりに呆《あき》れた笑みを浮かべた。

どうやらこれで一応の方針は決まったようだ。

「それに今回のこの事件、少し心当たりもあってな」

首を傾《かし》げる夏凪に対し、俺は昔体験したとある出来事を回想する。

「実は二年ほど前、俺はシエスタと共に一度《メデューサ》に遭遇している」

メデューサ——その眼光で人を石に変えると言われている怪物。

だが俺たちがかつて出遭ったそいつは、本物の怪物ではなかった。とある洋館にいたそのメデューサは、事故で植物状態になった義娘《ぎじょう》を不憫《ふびん》に思うあまり、特殊な毒物を使って他人を同じ目に遭わせようとする哀れな男だったのだ。

「そうだったんだ……。でも、それは君塚《きみづか》たちがもう解決したんでしょ？」

「ああ、残念ながら俺はシエスタのお荷物だったが」

夏凪《なつなぎ》の言う通り、その事件自体は当時シエスタが鮮やかに解決してみせていた。であれば、今またそれを模倣したような事件が起こってるのか……それとも今回は、たとえば《SPES》の種の力を宿した本物か。いずれにせよ、これから詳しく調査してみる必要があるだろう。

「じゃ、腹ごしらえも済んだところで実地調査といくか」

探偵と助手たるもの、昭和の刑事並に足で稼ぐことが求められる。そもそもこの事件、どれぐらい世間に広まっているのだろうか。そしてメデューサによる被害というのが具体的にどのようなものなのか、そのあたりから聞き込みを始めていくべきだろう。そう考え、立ち上がろうとした……その時。

「君塚さ、身体《からだ》は大丈夫？」

　夏凪が、ちらちらと視線を送るようにそんなことを訊《き》いてきた。唐突な問いに俺が首を傾《かし》げると「実はずっと訊くタイミングは窺《うかが》ってて」と珍しく気を遣った様子を見せる。

「まあ、身体なら怖いぐらい元気だが」

　それは二日前の風靡《ふうび》さんとの戦いのことを指しているのだろうか。確かにあの時、骨の一本や二本は折れたかと思っていたが……現状、多少痛みは長引いているものの、こうして日常生活を送るぐらいは問題ないレベルだった。

「本当に？　――副作用とかも？」

　……なるほど、そっちか。夏凪の不安げな目を見てようやく気づく。

　俺は戦いの中で風靡さんを欺くために、カメレオンの《種》を飲んだ。元はシードが生み出すその《種》は、摂取した者に特殊な能力を宿すものの、適切な処置なしにそれを体内に取り入れると、代償として様々な副作用が起こると言われていた。たとえばコウモリのように視力を失ったり……あるいは寿命が持って行かれたりすることもあると聞く。

　しかし今のところはそういった兆候もなく、実は味覚を失っておりフィッシュアンドチップスの味も分からない……という伏線を仕込んでいるわけでもない。無論、いつかそういった事態に見舞われるリスクはあるかもしれないが、少なくとも今は健康体そのものだった。

「なんだ、心配してくれてたのか？」

俺は夏凪《なつなぎ》をからかうように言う。

——しかし。

「するよ、心配ぐらい」

思いがけず夏凪は真面目な顔を俺に向けた。

そして俺の目をじっと見つめながら言う。

「あたしだけじゃない……唯《ゆい》ちゃんも、それにシャルだって、君塚《きみづか》のことを気に掛けてる。大事に思ってる。君塚がいつも、あたしたちのことを心配してくれるぐらいには、ね？」

貰《もら》うばかり、与えるばかりじゃない。

想《おも》いはいつも、双方向に働くものなのだと。

そうして夏凪が俺に向けた笑顔は——悔しいことに、いつか相棒の名探偵につけた点数と同じ、圧倒的な可愛《かわい》さだった。

「もしかして今、恋に落ちた音がした？」

「残念、あくまで話がオチただけだ」

◆一年前の記憶、二人分の思い出

――翌日。


「いい朝だな」

バスの二階から街の景色を眺めながら、俺は隣に座る夏凪に話しかける。

昨日、俺と夏凪は早速メデューサについての調査を始め……聞き込みの結果、一つの手がかりを得て、今はバスに乗ってとある場所へと向かっていた。無論、観光気分というわけではないが、しかし異国情緒溢《あふ》れる町並みはどこを切り取っても画《え》になる。そんな光景を夏凪と分かち合おうと思ったのだが……。

「………」

夏凪は、ぼーっと前を見つめるばかりで、心ここにあらずといった様子だった。

「その服、似合ってるな」

もしかしたら俺が何かやらかしたのかと思い、機嫌を取るべく一応褒めてみた。

服の細かい種類や名称はよく分からんが、黒いワンピースのようなその服装は、いつもの夏凪のイメージとは少し違うものの、異国の地で画になりそうな装いだった。

「君塚って万が一彼女とかできても、二秒で喧嘩《けんか》して二秒で別れそう」

「後半の部分より、俺に彼女ができる可能性が一万分の一しかないことに異を唱えたい」

どうやら無視をされているわけではないらしい。ようやく夏凪の注意が俺に向いた。

「さっきからぼーっとしてるが、どうした？　寝不足か？」

「あー、確かに君塚《きみづか》の寝言でなかなか眠れなかったっていうのはある」

「……全然覚えてないな」

一緒のベッドで寝た弊害がそんなところで出るとは。

無意識のうちにシエスタ関連のことを言っていないといいが。

「なんかよく分かんないけど、ずっと唯《ゆい》ちゃんに土下座で謝ってたよ」

「予想の百倍まずかった」

そういえば日本を発《た》つ前に斎川《さいかわ》と喧嘩《けんか》したんだったな……。早く仲直りしたい。

「それと、ね」

すると夏凪《なつなぎ》が、苦笑を浮かべながら言った。


「昨日の夜、あの子の夢を見たの」


夏凪の言う「あの子」とは恐らく、彼女のもう一つの人格——ヘルだ。

「昨日《聖典》を見ちゃったからかな。やっぱり思い出しちゃって」

そう、夏凪は夢を見る。

以前も、その心臓に宿したシエスタと、白昼夢の中で対話を果たしたと言っていた。き

っと彼女たちは、他の誰も干渉できない別の世界を持っているのだ。

「ヘルとは何を話したんだ?」

「……なんかめちゃくちゃ怒られた」

夏凪《なつなぎ》が分かりやすく頬を膨らませる。

やれ。だったら、あの鏡の前での対話は一体なんだったんだ。てっきりあの時和解したとばかり思っていたが。

「勝手に背負うな、だってさ」

夏凪は呆《あき》れたようにため息をつきながら、ヘルの言葉を代弁する。

「自分の犯した罪の責任は自分で取るって、そう言ってた」

……なるほど、それは強情なあいつらしい。あの鏡の前で夏凪の激情を一度は受け止め、その上で出した答えがそれなのだろう。かつて無実の人の命を奪ったその罪は自分が向き合うと、ヘルは今そう決意したのだ。そして彼女の強情はきっと、主人への温情でもあった。

「まあ、あたしは納得してないけどね。そのあと掴《つか》み合《あ》いの喧嘩《けんか》になったし」

「シエスタの時と同じじゃねえか」

どうやら番犬の三つ首は、今日も互いに激しく噛《か》みつき合っているらしい。

「それにしても、まさかまたこの国に来ることになるとはな」

俺は流れる景色を見ながら、かつてシエスタと共にこの地を訪れていたことを思い出す。この町並みを眺めるのはおよそ一年ぶりだが、数ヶ月《すうかげつ》の間暮らしていたこともあって、一つ一つの景色が馴染《なじ》み深い。道路に立っている標識や電灯すらどこか懐かしく感じられた。

「あたしも久しぶりだ」

するとと隣で夏凪もふっと表情を緩め、

「一年前、あたしと君塚《きみづか》はこの街を並んで歩いたんだよね」

遠く昔を思い出すようにそう呟《つぶや》いた。

そうだ、一年前この地にいたのは俺とシエスタだけではない。あの時はアリシアも……否、《種》の効力によってアリシアの姿に変身していた夏凪もまた、俺やシエスタと行動を共にしていた。

「改めての確認にはなるが……あの時のお前は見た目がアリシアになってただけで、中身は夏凪だったんだよな？」

「うん。あれは正真正銘、あたしだったよ。もちろんあたしも最近になって認識できたことだけど」

夏凪はそう言って微苦笑を浮かべる。

確かに一年前、俺が行動を共にしていたあの少女の一人称は、本来のアリシアの「わたし」や、もちろんヘルの「ボク」でもなく、夏凪の「あたし」だった。見た目は桃色の髪の毛のアリシアでも、中身はちゃんと夏凪渚《なつなぎなぎさ》本人だったのだ。

「でも、どうだろう。十二、三歳だったアリシアのあの見た目に、少しだけ言動が引っ張られてたところもあったのかな。自分でもよく分からないけど」

するとと夏凪はそう一年前の自分を回顧する。

「たしかに少し幼い感じはしたな。いやまあ今の夏凪の精神年齢も十分幼いが」

「うわ。自分だってよく子どもみたいにシエスタに甘えてたくせに」

「記憶にないし記録もない」

「絶対いつかシエスタに洗いざらい全部語ってもらうから」

……夏凪の中で、探偵を取り戻すのに謎のモチベーションが追加されてしまった。

「あ、ねえ見て、あの宝石店。前にあたしたちが入ったところじゃない？」

夏凪が指をさした先。バスが走る道路に面したそのガラス張りの宝石店は、約一年前《サファイアの眼《まなこ》》探しの際に彼女と訪れた場所だった。

「確かお金がなくてここでは何も買えなかったんだっけ」

「ああ、今も昔も貧乏なのは変わらんな」

そのうち夏凪に探偵事務所でも作ってもらって、日銭を稼ぐのも悪くないな。

「まあ、代わりに露店で買った指輪をくれたからいいけど」

夏凪はどこか嬉《うれ》しげに、上目遣いで俺を見上げる。

「……忘れたな、その話は」

「『末永くよろしく頼む』って言って薬指に填《は》めてくれたな～」

「っ、お前が言わせたんだろ、今すぐ忘れろ！」

「や～だよっ」


そんなくだらないことを喋《しゃべ》っていると、やがてバスは目的地の最寄りの停留所に着いた。

そこから更に数分歩いて、俺たちが辿《たど》り着いた先は――

「ここだね」

夏凪が、白い病院を見上げて呟《つぶや》いた。

それが昨日、俺たちが事件について調査した結果の一つ――この病院にはメデューサに襲われたという被害者が入院していた。

「やれ、行くか」

そうして病院に足を踏み入れた俺たちは、事前に調べてあった病室へと向かうべくエレベーターに乗り込む。

「けど、まだ思ったほどこの事件は広まってなさそうだね」

夏凪が、昨日の調べを思い出すように言う。

事実、街中で相当数の聞き込みを行ったが、メデューサという単語やそれに類するキーワードに心当たりがあると回答した人は二十人に一人もいなかった。

「ああ。新聞社に乗り込んでなかったら、まだここにも行き着いてなかっただろうな」

昨日、このままじゃ埒《らち》があかないと言って夏凪《なつなぎ》がその提案をしていなければ、こうもトントン拍子に話は進んでいなかったはずだ。

「さすがにマスコミは情報を掴《つか》んでるはずだからね。だったらあとは盗聴するだけ！」

「明るく言うな、明るく。そんなに気軽にするものじゃないからな、盗聴」

「まあまあ、実際上手《うま》くいったわけだし。君塚《きみづか》の能力を使って」

「……ああ。実際、隠密《おんみつ》行動にはぴったりだな」

カメレオンの種による透明化能力。これさえあれば、気配を消して人の話を盗み聞きすることなど、赤子の手をひねるよりも簡単だった。

「あとは君塚がこれに味を占めて、女風呂に侵入したりしませんように」

「リアルな想像をするな、やめろ、真剣な顔で祈りを捧《ささ》げるな」

と、そんな会話をしている間に、やがてエレベーターは目的の階につく。そうして俺たちは病室へと向かい、意を決して中に足を踏み入れる。

すると、そこには。

「これがメデューサの被害者か」

病室にいたのは、四十代ぐらいに見える一人の男性。

俺たちはそっと彼の下に近づく。

ベッドの上に寝かされた男性は、自発呼吸と、時折まばたきを繰り返すだけで、喋《しゃべ》ることもなければ指先一本動かすこともない。それはあるいは、石化していると表現されてもおかしくない姿だった。

「植物状態か」

聞いた話によればこの男性が入院したのは約一週間前。それは《聖典》に書かれた《メデューサ》の出現時期にも一致する——やはりその未知なる怪物が、なにがしかの力を使って男性を石化させたとでもいうのだろうか。一体どこの誰が、なんの目的で——と、そんな風に考えを巡らせていた時だった。

「ねえ、君塚」

夏凪が、ベッドに横たわる男性の顔を見つめながらこう言った。

「あたしたち、この人とどこかで会ったことない?」

やはりこの世界に、ただのエキストラは存在しないらしい。

◆ここで物語は分岐する

それからも俺たちはこの事件について調査を続けた。

入院している男性の担当医師に詳しい話を訊《き》き、また、同じような症状で運ばれてきたという他の入院患者にも対面することができた。普通は守秘義務の観点からもそのような話を聞き出すのは難しかっただろうが、夏凪《なつなぎ》の紅い目は容易に医者の口を割らせることに成功した。

そうして集まった情報と状況証拠から、話し合いの末、俺と夏凪はメデューサの正体と犯行動機についての仮説を打ち立てた。きっとそれは偶然、俺と夏凪の二人だからこそ辿《たど》り着けた答えでもあった。そして俺たちは、夏凪の要望もあって再びとある場所を訪れていた。

「やっと、ここに来られた」

夏凪がそう呟《つぶや》いたこの地は、イギリス郊外にある教会の墓地だった。

夕暮れの広大な草原には、等間隔に墓碑が並んでいる。

そして夏凪が、そのうちの一つの石碑の前で膝を折った。

「遅くなってごめんなさい——デイジーさん」

デイジー・ベネット。

それは一年前、ロンドンで起こった《ジャック・ザ・デビル》の事件で犠牲になった五名のうちの、最後の犠牲者の名だった。他の四人への弔いも終えた夏凪は今、最後の一人に花を手向ける。

「夏凪」

俺はそんな彼女の肩にそっと手を置く。

「……うん、分かってる」

一年前、ロンドンで起きた連続殺人事件。その犯人は、夏凪の別人格であるヘルだった。当時シエスタとの一度目の戦いの末に心臓にダメージを負ったヘルは、それでも生き延びるために五人もの人々の命を奪い、その心臓をバッテリーとして消費していたのだった。

だがそれはあくまでも夏凪の意識下で行われた犯行ではなく、ヘルの独断によるものだった。ある意味では夏凪も、意識と人格を奪われていた被害者でもあったのだ。

「あたしはもう、その過去を受け止めてる。受け止めた上で、あたしができる精一杯の償いをする」

今の夏凪の横顔に、悲愴《ひそう》感は滲《にじ》んでいない。

そして彼女はもう一つ、ある想《おも》いを胸に秘めてこの場所を訪れていた。

「だから、あたしは大丈夫。君塚《きみづか》は自分の仕事を果たしに行って？」

夏凪は俺に笑顔を向けると、俺にこの場を立ち去るように促す。

「本当にいいのか？　俺がいなくて淋《さび》しくないか？　夜泣きしないか？」

「子どもか。シエスタの姿が見当たらなくて家中探し回ってた君塚《きみづか》じゃないんだから」

見てきたようなことを言うな。そんな過去はない……ような気がする。

「それに、鍵だって見つかったんでしょ？」

「……ああ。偶然にもこのタイミングでな」

そう、実はこの墓地に向かう途中、盗まれていた財布と共にマスターキーが見つかったという連絡が、俺の携帯に入っていたのだった。どうやら俺と夏凪《なつなぎ》は何らかの意思によって、この場で一旦別行動を取らされるらしい。やれ、探偵と助手を分断しようとは良《い》い度胸だ。

「心配性だなあ、君塚は」

そんなつもりは無かったのだが、表情に出てしまっていたのだろうか。膝を抱えた夏凪は、俺を見つめながら苦笑する。

「大丈夫だよ。だってあたしは、一人じゃないから」

「……そうだったな」

そうだ。たとえ俺がいなくとも、夏凪は一人じゃない。

夏凪と共に戦うと決意した人物が、この場には確かにもう一人いた。

「じゃあ、なにかあったら連絡くれ。巨大ロボットに乗って駆けつける」

「うん、お願いだから世界観のスケール守って？　過去のことは反省して？」

そうは言っても宇宙人や吸血鬼やまだ見ぬ怪物と渡り合わなきゃならん世界だからな、たまには許せ。たまには。

「それじゃあ、またな」

「うん、また」

そうして俺たちは短く別れを告げ、俺はその場を後にした。

彼女たちであれば、この後起きるはずの出来事を乗り越えられると信じて。

◇主人公《かたりべ》、交代

君塚が去ってから、十五分ほど経《た》った頃だった。

「あら、娘のお知り合いかしら?」

六十代ぐらいに見える一人の女性が、花を抱えて向こうから歩いてきた。

あたしはその場に立ち上がって、彼女に向かって会釈をする。

「ご無沙汰しております——ローズ・ベネットさん」

ローズ・ベネット——彼女は、《ジャック・ザ・デビル》五人目の被害者、デイジー・ベネットの母親だった。一年前、その事件の犯人を追っていたあたしと君塚は、シエスタと共に彼女の家を訪れたことがあった。

「その節は大変なときにお邪魔してしまい、申し訳ありませんでした」

そしてあたしは、さらに深く頭を下げる。

当時彼女は娘を亡くした心労がたたって、あたしたちの前で倒れてしまったのだった。

「……ええと、お嬢さんとお会いしたこと、あったかしら？」

すると夫人は、どこか困ったように微笑を浮かべる。

しかしよく考えればそれもそうだ。彼女の自宅を訪れた当時、あたしはケルベロスの種の力でアリシアの姿に変身していた。今のこの見た目と結びつかないのも当然だ。

「……それにしても、あの事件からもう一年以上が経《た》つんですね」

あたしはそんな会話で誤魔化《ごまか》しながら、墓碑の前に花を置くローズ夫人を見つめる。

「時が経つのは早いものね。あの苦しかった日々も過去になりつつあるわ」

そう答えながら夫人は、苦労が刻まれた微笑を浮かべる。

「当時は悲しみが癒えないうちに、毎日、事件のことでマスコミの対応に追われてね」

「ええ、そう聞いています。それから、あの議員のことも」

あたしが言うと、ローズ夫人は一瞬ぴくりと顔の筋肉を強張《こわば》らせた。

それは、元々地元の議員だったデイジー・ベネットの後を継ぐ形で立候補したある男のことだった。彼はデイジー・ベネットの遺志を継ぐと涙ながらに演説をして、見事に選挙に当選した。けれど彼はそういう演出で成り上がっただけで、裏では違法な献金で儲《もう》けたり、デイジー・ベネットを『いい踏み台になってくれた』と陰で嘲りさえしていたのだ。

「……そう、お嬢さん、詳しいのね。どこで調べたのかしら？」

まるで探偵さんみたい、と。ローズ夫人は冗談めかしながら立ち上がる。

「でも、大丈夫よ。彼らも反省したのかしらね、最近は大人しくしているみたい」

「そう、ですか」

「あ、そうだ。実は今日は、娘の誕生日でね。私以外にも娘を思い出してくれる人がいて嬉《うれ》しいわ」

ローズ夫人は、あたしの当たり障りのない同調の言葉を気にもせず、柔らかい笑顔を浮かべる。

「ええ、知っています」

そう、今日がデイジー・ベネットの誕生日であることは、ここに来る前に調べて知っていた。そしてイギリスでは日本のお盆のように決まった時期に墓参りをする風習がなく、こうして故人の誕生日などに花を手向けにくることが多い。

だから今日、ローズ・ベネットが娘の墓参りに訪れる可能性が高いことは分かっていた。だから、あたしがここで彼女と会ったのは偶然なんかではない。彼女に会うために、あたしはこの場に来たんだ。

「ローズ・ベネットさん、あなたがメデューサなんですよね」

　あたしは不意に、そんな仮説を彼女にぶつけた。

「……ふふ、なにを言ってるのかしら？」

　するとローズ・ベネットは薄い微笑を湛《たた》えたまま、あたしの言葉を躱《かわ》す。

「この街でそういう事件が噂《うわさ》になってるのは知ってるわ。でもどうして私がそのメデューサとやらだと？」

　彼女は口角を上げたまま、当然の疑問を呈してくる。

　なぜあたしが、ローズ・ベネットこそが怪物《メデューサ》であると主張するのか。仮にそれが真だとして、ローズ・ベネットが、人々を石化させる《メデューサ》となった動機は一体なんなのか――

「それはさっき、あたしが話した通りです」

　そう。さっきローズ夫人が語っていた、彼女を苦しめていたというマスコミと議員の男。彼らこそ、今日あたしと君塚《きみづか》が病院で会ったメデューサの被害者だった。特にマスコミの男の方に関しては一年前、ベネット家の軒先で一度会っていてよく覚えていた。

　そしてその二人以外にも複数、メデューサの被害者と思われる人物がいたものの……彼らもまた全員、デイジー・ベネットになんらかの因縁があることが調べで分かった。そんな彼らに恨みを抱いている人物がいるとすれば。

「ローズさん。あなたはメデューサとなって、娘さんの敵を討とうとした……いや、娘さんの名誉を穢《けが》そうとした人たちに、一矢を報いようとした」

ある日突然、大切な一人娘が亡くなった。彼女は物言わぬ遺体となってしまった。

だからせめて、死してなお娘を痛めつけようとする存在に対し、罰を下そうとした……石のように冷たくなってしまった娘と同じ苦しみを与えようとした。そうしてメデューサという怪物は生まれてしまった。

「それだけ?」

ローズ・ベネットはいつの間にか笑みを消し、険しい顔つきであたしに迫る。

「そんなの、あなたの憶測に過ぎないわ。ありがちな動機を並べるだけで、具体的な証拠は何もない」

「……うん、確かに証拠はこの場にはない」

でも、とあたしは続ける。

「あなたの家を探せば必ず、毒物が出てくるはず」

この墓地に来る前にあたしたちは、病院で医師から、メデューサの被害者の詳しい病状を聞いていた。あたしの紅《あか》い目の能力を使って聞き出した事実——それは、被害者の身体《からだ》から共通してとある毒物が検出されたという話だった。

そしてそれは君塚《きみづか》によれば、彼が二年ほど前に森の洋館で出遭った、館の主人が使用していた毒ガスの成分と同じという話だった。

ゆえに今回のメデューサも特殊な毒物を使って、対象者を意識障害に陥れていることは明らかだった。であるならば、あたしたちが突き止めずとも必ずいつか物証は上がるはずだ。それに――

「ローズさん。あたしはあなたの口から、本当のことが聞きたい」

本当はこの墓地に来る前に、確かな証拠を持って行くことを君塚はあたしに提案した。けれどあたしは首を振り、あくまでもローズ・ベネットを説得することを選んだのだった。

「……だって、許せないじゃない」

するとローズ・ベネットは、どこか呆《あき》れたような微笑を浮かべた。けれどその呆れ笑いはきっと、あたしに向けられたものではなく、自嘲だった。彼女だって、自分の行いが間違っていることなど、あたしに問われずとも分かっているのだ。それでも――

「そう、私よ。私がきっと、あなた達の言う怪物――メデューサ」

娘の誇りを穢《けが》そうとする存在を、母は許さなかった。そうして毒物を使い、彼らを意識障害に陥れた。

「どうやってその毒物を？」

あたしは彼女にその入手経路を尋ねる。それは決して、普通に暮らしていて手に入るような代物ではないはずだ。

「……いつだったかしら。ある日ふと気づいたら、ポストにそれが入っていたわ」

ローズ・ベネットは虚《うつ》ろな目でそう呟《つぶや》く。

やはり彼女がそう行動するように仕向けた誰かがいる……っ。

「ねえ、教えて」

すると夫人は、縋《すが》るようにあたしに問いかける。

「ある日急に娘はいなくなって、物言わぬ灰になってしまった。どれだけ話したくても、もうあの子はなにも喋《しゃべ》ってくれない。それなのに、どうしてあの子の誇りを穢した人たちが、好き勝手にあの子のことを喋るの？　その口を封じることの一体なにが悪いの？」

そう言って彼女はあたしの肩を掴《つか》み……けれど間もなく、力なく崩れ落ちた。

ローズ・ベネットは、娘の死を冒涜《ぼうとく》する存在を決して許さない。もう二度と喋ることのできない一人娘のことを、なにも知らない他人が憶測で私利のために大声で喚《わめ》く。その現実を拒絶するために、ローズ・ベネットは怪物となったのだ。


——そんな彼女に、あたしは何を言おう。

君塚が激情と評してくれる、この胸に去来する感情の奔流を言の葉に載せたなら、彼女を救うことができるだろうか。いつだったか、ピストルを握った唯《ゆい》ちゃんを受け止めてあげられた時のように、あたしの言葉は倒れた彼女を立ち上がらせるための杖《つえ》となり得るだろうか。

——答えは、否だ。

だって、かつてあたしはローズ・ベネットを救えなかった。一年前、彼女の家であたしが叫んだ激情は、あと一歩、彼女に届いていなかった。……でもそれは当然だ。あの時のあたしは姿形も偽物で、自分が犯した罪すらも理解していなかった。そんなあたしが彼女を救おうだなんて傲慢にも程がある。

——だったら、どうすればいい？

一体誰の言葉だったら、彼女を助けてあげることができるのだろう。一人娘の墓碑の前で泣き崩れる、母親の涙を拭ってあげることができるのだろう。……答えは、たった一つだった。

「お願い、力を貸して」

あたしは髪を縛っていた赤いリボンを外しながら、もう一人のパートナーを頼った。

◇ニヴルヘイムからの伝言

「だから最初からボクがやると言っている」

ボクは赤いリボンを握りしめながら、この身体《からだ》のどこかに眠っているご主人様の意識に文句を垂れる。まったく、あれはなんのための喧嘩《けんか》だったのやら。ご主人様の激情……いや、強情さにはため息も出ない。

「あなた、誰？」

その時、墓碑の前で蹲《うずくま》っていた夫人がボクを見上げた。

中身が入れ替わっただけで、姿形は変わったわけではないのだが……あるいはこの目つきの悪さでバレたのだろうか。

それにしても、ボクは一体誰で、何者なのか。

なるほど、それは実に哲学的な問いに思えた。

「さあ、ボクはボクでしかないよ」

ボクはご主人様の頼みを叶《かな》えるべく、座り込んだその女性に視線を落としながら言う。

「キミが掴《つか》まされたのはあくまでも粗悪品だ。毒物といっても一時的な効果しかなく、今は意識混濁に陥っている彼らもじきに目を覚ますだろう」

その毒物の大元は、お父様の《種》を定着させた、とある《SPES《スペース》》の構成員が体内で生成したものだ。

その半人造人間のコードネームは、クラゲ。

学名で——メデューサ。

クラゲの毒は一定の時間が経《た》てばやがて効力を失う類いのものだが、彼は小銭稼ぎのために《SPES》の末端にそれを売りさばかせていた。

今回、彼女は娘を失ったその弱みにつけ込まれたのだろう。その毒物は、彼女にとっては魅力的な薬にすら見えたのかもしれない。まだ金銭を要求されていなければいいが……いや、ボクがそのような心配をできる立場にいるはずもない。

「っ、近づくなら撃つわ！」

その時。ローズ・ベネットが足下に置いていた鞄《かばん》から、一丁の拳銃を取り出した。

「なるほど、そんなものまで貰《もら》い受けていたか」

どうやらボクの登場はかえって状況を悪くしてしまったらしい。

人との対話というのは、思いのほか上手《うま》くいかないものだ。このままではご主人様に叱られるなと思うと、自然と苦笑が漏れた。

「……っ！」

しかしそれが不味《まず》かったのか、ローズ・ベネットは震える手で銃を構える。

本当は、その銃弾に当たってもいいと思った。むしろ彼女はそれをボクに当てる権利さえある。復讐《ふくしゅう》を果たすなら今だろう。

――だけど。

「その銃弾はボクには当たらない」

次の瞬間、彼女から放たれた銃弾はボクという標的を大きく外し、乾いた銃声と煙だけが空《むな》しく虚空に残る。

「悪いけれど、ご主人様を死なせるわけにはいかない」

「来ないで……」

恐怖に染まったローズ・ベネットは腰を抜かし、尻餅をついたまま後ずさりをする。

ボクに殺されると思っているのだろうか？

……ああ、でもそうか。ボクら《SPES》はお父様に従い、生存本能に従い、《種》による特殊能力を用いて、この星の人間たちを手にかけてきた。そんなボクらに本能的に恐怖を抱くのは当然のことだろう。

「だけど、ボクが今ここに立っている理由はそうじゃない」

ご主人様がそんなことを求めてボクを呼んだはずがない。
ボクがここに呼ばれた理由。
彼女にできなくて、ボクにしかできないこと。
そう、ご主人様はまだこの身体《からだ》に眠る《種》を完全には使いこなせていない。紅《あか》い目は
あくまでトリガーで、真なる種の力は、この喉に——声に宿る。
「ボクの能力の正体は、《言霊》——発した言葉に霊力を宿す」
お父様の生み出す《種》は、人体の器官に特別な力をもたらす。そうしてボクら
《SPES》《スペース》の構成員は、お父様の指示に従い、人類に対する攻撃を続けてきた。
だけど、もし。
もしもこの能力に、人を傷つけるだけでない使い方があるとすれば。
ボクのこの《言霊》の能力に、たとえば人を救う力があるとするならば。
「やめて、来ないで……。デイジー……ッ」
ローズ・ベネットは、目の前に迫ったボクを見上げ、きっと無意識に一人娘の名前を呼
んだ。けれどボクはそっと膝を折り、彼女と視線を合わせる。
ああ、そうか。
これが人の恐怖という感情なのだろう。
一年前、彼女の娘もこんな風にボクに怯《おび》えたのだろうか。

ロンドンの街。トランス状態とも呼ぶべき容態だったあの時、ふと気づけば目の前に遺体があった。ボクはこの身を……ご主人様の命を救うために、その遺体から心臓を抜き取った。何度も、何度も。あの五人も死の間際、ボクに恐怖していたのだろうか。

「怖がらせて、すまない」

ボクは、目の前で震えているローズ・ベネットに対して。

そして一年越しに、彼ら五人に向けての謝罪をする。

「……？」

しかしローズ・ベネットは、ボクの意図が分からないのだろう。今も不安げに瞳を大きく揺らしている。……やっぱり、上手《うま》くはいかないな。

ボクは、知識と経験で常に最適解を出し続けた理知的な正義の味方でもなければ、高い理想をその激情を以《もっ》て叶《かな》えようとする名探偵でもない。

そう、所詮ボクはまがい物。

ある日、ナツナギナギサという少女に宿った、形を持たない意識の集合体。

誰かに必要とされていたいという想《おも》いが……その楔《くさび》がなければ、一陣の風にも吹き飛ばされるような儚《はかな》い存在だ。

「だけど今、楔はできた」

ボクは手にした赤いリボンを握りしめる。

今ボクは、ご主人様に必要とされてこの場に立っていた。

そうだ。ボクはあの白髪のメイタンテイの真似《まね》はできないし、このリボンが似合うご主人様のようにもなれない。さっきも言った通り、ボクはボクでしかない。

だからこのボクにしかできないことを、今ここで果たす。

きっとこれはボクに与えられたたったひとつの権利であり、果たすべき義務だ。


「ローズ・ベネット。これはボクからではない、彼女からの贈り物だ」


ボクの能力は《言霊》――言葉に霊力を宿すボクは、血を交わした相手と言葉も交わすことができる。だから一年前、心臓を取り替える際に血を交えた、デイジー・ベネットが遺した最期の言葉も覚えている。

「彼女はきっと、こう言っていた」

夕焼けの下、草原に立つ墓碑の前。

ボクは膝を折り、デイジー・ベネットの遺言を、彼女の母親に今こう伝えた。


「愛してる、マム」

ボクの名はヘル。

コードネーム――地獄《ヘル》。

生者と死者の架け橋を繋《つな》ぐ、黄泉《よみ》の国を統べる女王の名だ。

◇その感情についた名前は

ふと視界が開け、夕焼けのオレンジ色が瞳に映る。遠くで聞こえる虫の音、そして再びあたし自身の意識が身体《からだ》にインストールされるのが分かった。

「……ヘル」

あたしが呼び出していたパートナーは、今無事に仕事を終えて、この身体のどこかに帰って行ったらしい。

「おっと」

その時、ローズ・ベネットが、ふらりとあたしの肩に倒れ込んできた。

そして彼女は目を瞑《つぶ》ったまま――

「――デイジー」

今は亡き、一人娘の名前を呟《つぶや》いた。

そうして意識を失ったように、あたしの胸の中で眠りに落ちた。

「ごめんなさい」

ちゃんとあの時、助けてあげられなくて。

一年前もこうして彼女を抱きかかえたことを思い出しながら、あたしはそう謝罪した。

それからあたしはローズ夫人を少しの間だけ墓碑に寄り掛からせ、その間に携帯でタクシーを呼んだ。家で休ませればきっとすぐに目を覚ますはずだ。

そして目を覚ますと言えば、彼女が与えた毒物によって意識障害に陥っている人たちも、ヘルによれば時間と共に自然と回復するらしい。つまりは、事件はこれで解決だった。

「これだけで贖罪《しょくざい》を果たしたとは言えないけど」

あたしはもう一度だけ墓碑に手を合わせてから、自嘲ではなく覚悟と共にそう呟《つぶや》いた。

このことで一年前の罪が赦《ゆる》されるなんて、そんなことあるはずがない。この先もずっとありえない。ただ、それでもあたしができることは、《探偵》という立場に囚《とら》われず、これからも人を救っていくことだけなのだと思う。

そして今なによりもあたしが取り組むべき仕事は、シードを倒すことと――そしてシエスタを生き返らせること。特に後者は、完全無欠の名探偵の思惑すらも超える奇跡。それを実現するためには――

「頼んだよ、君塚《きみづか》」

あたし一人だけの力ではきっと叶《かな》わない。だから、今ごろそのヒントを得るために行動している心強いパートナーを思って、あたしは空を見上げた。

君塚君彦《きみひこ》——あたしの助手にして、相棒の男の子。

数ヶ月前《すうかげつ》に放課後の教室で出会って、だけどなぜか初めて喋《しゃべ》った気がしなかった。そしてその理由はのちに、あたしの左胸にあるこの心臓が、三年にもわたって彼と旅をしていたからだと分かった。

だから彼に会うとなぜだか心臓が高鳴ってしまうのも、それはあたしの感情じゃないんだと、自分で自分に言い聞かせた。でも——実はあたしも一年前、ここロンドンで君塚と出会っていた。そして当時、暗闇の中にいたあたしは、彼の言葉に救われていた。だったら、今も彼の隣にいると心臓の鼓動が早くなってしまう本当の理由は……。

「なんて、ね」

もうすぐそこにある答えに、あたしは手を伸ばすことをやめた。

少なくとも今それをするのは、なんとなくルール違反な気がする。

だから、すべては。

「シエスタを取り戻してからだ」

あたしはそう自分に言い聞かせて、君塚が今いるはずの場所に向かって歩き出した。

——そして遠くの空でかすかな爆発音を聞いたのも、ちょうどその時のことだった。

【Side Yui】

君塚《きみづか》さんと渚《なぎさ》さんがロンドンへ向かい、また加瀬《かせ》さんとシャルさんも家を空けた後。わたしとコウモリさんはそのまま加瀬さんのマンションに滞在していました。

というのも、わたしは《左眼《ひだりめ》》の能力を覚醒させるための特訓をコウモリさんから受ける予定でした。そう、その予定だったのですが……。

「ああ、これもなかなか上等だなあ」

当の本人であるコウモリさんは、ワインセラーから引っ張り出してきた高級そうな赤ワインをテイスティングしながら、満足げに微笑《ほほえ》んでいます。はて、特訓の話はどこにいったのでしょうか。

「勝手にワイン開けちゃって、加瀬さんに怒られませんか？」

わたしはコウモリさんの正面に座りながら尋ねます。

「構わんさ。あの女にはずっと窮屈な思いをさせられてたんだ、これぐらいの贅沢《ぜいたく》は許されると思わないか？」

コウモリさんはそう言ってワイングラスを小さく揺らします。

その余裕を感じさせる姿は、なんだかワイルドなイケおじって感じがします。君塚さんには到底出せそうもない大人の男のオーラです。

「って、いや騙《だま》されませんよ！　特訓はどうしたんですか、特訓は！」

わたしは本来のボケ役を投げ出してコウモリさんに詰め寄ります。

「早く修行編始めましょうよ！　どの山に籠もるんですか！　いつ滝に打たれるんですか！　水着は必要ですか！　あ、でもグラビアは天国でお父さんとお母さんが心配するのでNGです！」

「どこからツッコめばいい？」

おや、いつの間にか役割が逆転していたようです。

「そう急《せ》かすな。この一杯を飲み干してからでも遅くはあるまい」

コウモリさんはまるでこの後起きる出来事をすべて悟っているかのような余裕さを持って、ワインをゆっくりと口の中で転がします。

「じゃあコウモリさんは、どうしてわたしの指導役を買って出たんですか？」

どうせまだ特訓が始まらないというのなら、その間お喋《しゃべ》りするぐらいのことは許されるはずです。そう、せっかくの機会なのでわたしもイケおじと色々お話してみたいのです。

「《SPES》《スペース》を倒すための利害が一致してる、と説明したはずだが？」

……けれどコウモリさん、結構つれないです。

おかしいですね、君塚《きみづか》さんだったらこっちが嫌になるまで延々とお喋りしてくるところなんですが。いやまあ、他の女とほいほい海外旅行に行っちゃうような人のことなんてもう知りませんけど。

「だが、せっかくの機会だ。一つだけオレも訊《き》いておこうか」

するとは今度はコウモリさんが、グラスを置いてわたしに尋ねます。

「本当に親の仇《かたき》を取ろうとは思わないのか？」

すでに結構な量を飲んでいるはずですが、それはきっと酔った勢いというわけでもなく、本心から知りたがっているように思えました。あるいは、わたしにそれを訊くためにこの場を設けたのかもしれない……というのはさすがに考えすぎでしょうか。

「たとえば家族や仲間の仇が目の前にいたとして、それでも引き金を引かないのか？」

コウモリさんは重ねてそう訊きます。

「うーん、どうでしょうね。前回のことで言えば、別にコウモリさんやカメレオンさんが直接の仇というわけでもなかったですし……実はその場になってみないと分からないかもです」

わたしは先日の、テレビ局の屋上での一件を思い出しながらそう答えます。

「そうか、冷静だな」

「そうでしょうか？　だけどやっぱりそう言えるのも、今わたしの目の前に仇である相手がいないからだと思います。ピストルの代わりにマイクを握ったように、またマイクをピストルに持ち替えることだって、状況によってはあるかもしれません」

「復讐《ふくしゅう》のために生きることはないが、仇《かたき》を取るという選択を否定するわけではないと？」

「ええ、結局は自分がどうしたいか、それだけだと思うので」

確か君塚《きみづか》さんにはそんな偉そうなことを言ってしまったのですが、実はその時はまだわたしは迷っていました。でもあの一件を乗り越えて、君塚さんにも支えてもらって。そんな今のわたしは、堂々と自信を持って言うことができます。

「ですのでやっぱりわたしは、復讐だけの人生は送りません。両親が望むような生き方をするわたしでいたいので」

「それは死者に縛られているのとは違うのか？」

「違いますよ」

ええ、違います。それだけは胸を張って言います。

「今ここにいるこのわたしが、そう思ってるので！」

だからこれは間違いなく、わたしの意思で、わたしだけの思いです。

「──そうか」

コウモリさんは何かを考えるように小さく呟《つぶや》くと、グラスに残っていたワインを一気に呷《あお》りました。

「えっと、今のって答えになってましたかね？　結局わたしの一人語りみたいになっちゃいましたが」

わたしはなんだか急に気恥ずかしくなってきてコウモリさんに尋ねます。

「ああ、実に参考になった。そしてお嬢ちゃんが本当は親離れできていないのがよく分かった」

「な、なんでそんな結論になるんですか！　わたしの話本当に聞いてました!?」

「良《い》い意味で言ってるんだから気にするな」

「『良い意味で』をつけたからって誤魔化《ごまか》されません！　わたしはできる大人キャラで売っているので、子どもっぽいイメージを植え付けないでください！」

まったく、とんだワルおじでした。こんな幼気《いたいけ》な女の子をいじめるなんて、君塚さんに匹敵するほど性格が悪いです。

……なんだかさっきから、この場に居もしない君塚さんのことばっかり引き合いに出してしまいますね。罪な男ですよ、ええ、まったく。早く帰ってこないかな。

「ハハッ、それじゃあ愉快な話も終わったところで、特訓といくか」

顔は赤くなっていないものの、実は酔っているのでしょうか。少し陽気になったコウモリさんは、そうしてようやく本題を切り出したのでした。

「いいか、お嬢ちゃんに教えるのはまず、人体の動作における基本的な……」

「あ、その話長くなりそうなら半身浴しながらでもいいですか？　ここから大きい声で喋《しゃべ》ってもらえれば聞こえるので！」

「清々《すがすが》しいまでに図々《ずうずう》しいな」

「ふふ、いいツッコミです！」

上手《うま》くいきましたね。年の離れた友人というのも良《い》いものです。

きっとコウモリさんとは、これからも長い付き合いになる――いえ、なったらいいなと思いつつ、わたしはその話に耳を傾け始めたのでした。

「あ、そういえば、コウモリさんの本名ってなんですか？　面白い姓名判断のゲームがあるんです」

「オレが言うのもなんだがいつになったら特訓を始められる？」

【第三章】

◆世界の守護者

あれから夏凪《なつなぎ》と別れた俺は一人、盗まれていた財布と鍵を引き取りに向かうべく、とある場所を訪れていた。そして電話で伝えられた住所はここのはず……なのだが。

「ここにあんまり良い思い出はないんだが」

俺の目の前に立っている建物は警察署ではなく――英国の中枢、ウェストミンスター宮殿。約一年前、俺はヘルに誘拐されてこの建物の地下に監禁され、またこの時計塔を舞台にシエスタとヘルは激しい戦いを繰り広げたのだ。

「行くしかないか」

そんなことを思い出しつつ、俺は中に足を踏み入れる。

すると早速、スーツを身にまとった英国紳士が現れ、俺は一般人が立ち入れない禁止区域へと案内される。そうして専用のエレベーターに先導され、彼は一礼して去って行く。どうやら俺をここに呼んだ人物は、この宮殿に併設されている尖塔《せんとう》、エリザベスタワーの上にいるらしい。

「やれ、随分と演出にこだわるんだな――ミア・ウィットロック」

俺はエレベーターで上へ昇りながら独りごちる。

そう、この先に待っている人物が誰なのか、そんなのは推理をするまでもない。そもそも俺の財布を……いやその中に入っている鍵を盗んだのは、あの客室乗務員オリビアだろう。その目的はただ一つ、俺たちがミア・ウィットロックに会うに足る人物であるか否かを判断するためだ。

オリビアは飛行機で鍵を盗み、俺たちのその後の行動を誘導し、あの《聖典》を見つけさせた。そうしてメデューサの事件を無事に解決できるか否かを最後の判断基準にしたわけだ。そして俺と夏凪《なつなぎ》がメデューサの正体に気づき、解決の見込みが立った時点で、俺に連絡を寄越《よこ》したのだろう。ゆえにこの先にはきっと、《巫女《みこ》》ミア・ウィットロックが待っている。

「ここまで掌《てのひら》の上で踊らされていたと考えると、むしろ清々《すがすが》しいな」

だがそれもここまでだ。この先、俺の要求が通るまで帰るつもりはない。

そう誓いつつエレベーターが開くのを待つ——と、扉が開いた先にあったのは、らせん状に続く階段だった。薄暗い中、俺はそれをまた登り、上へ上へと目指していく。

——そして。

「ここか」

目の前には一枚の扉。

俺は意を決して、ドアノブを捻《ひね》った。

「……ッ！」

風が吹いた。俺は思わず顔を覆う。

音を立てて吹きすさぶ突風。そしてその風が、この地上百メートルの高さから来るものなのだと気づくのに、そう時間は掛からなかった。

覆った顔、瞑《つぶ》った瞳に、オレンジ色の光が差す。

「……外と繋《つな》がってるのか？」

それから、風の勢いと陽《ひ》の眩《まぶ》しさに段々と慣れてきた俺はようやく目を開いた。俺が立っているのはホテルの一室のような部屋。そしてその向こう、バルコニーのような場所に、ロンドンの街を一望するようにして一人の少女が立っていた。

白衣と緋袴《ひばかま》による巫女装束。

暮れなずむ夕陽《ゆうひ》に照らされて、世界を守る《調律者》は時計台の上に君臨する。

「誰？」

その時、俺の気配に気づいたのか、少女が後ろを振り返った。

青みがかった髪の毛が揺れ、ドールのように大きく美しい瞳がさらに丸く見開かれる。

「やっと会えたな、ミア・ウィットロック」

俺はこの世界の守護者に近づきながら言った。

「未来を変える方法を教えてくれ」

シエスタを取り戻し、誰もが望む物語の結末を迎えるために。

◆世界の終末、ヴォルヴァの予言

「無いわよ、そんなの」

巫女《みこ》装束から私服に着替えたミア・ウィットロックは、部屋の壁一面に広がる大きな本棚に書物を並べながら、そう素気《すげ》なく俺に言った。

未来を見通すことができると言われる彼女の下に辿《たど》り着いた俺は、時計台で毎夕行われるというお役目が終わるのを待って、この部屋で対面を許された。これで俺の目的は叶《かな》うと思われたのだが……。

「未来は絶対不変。どう私たちがあがこうが、最終的な物語の結末は変わらない」

少女はクールな声でそう告げながら背を向けて、高い棚に本を戻そうとつま先で立つ。

「ここにいるのはあんただけか？　てっきり使いの者がいると思ったが」

俺は背後から彼女の手にあった本をひょいと拝借し、代わりに棚に戻しながら訊《き》く。俺

をここに招いたのは、かの客室乗務員であるオリビア。何をおいてもまず、財布と鍵は返してもらわねばならないのだが。

「……はめられたのよ」

するとミアはドールのように愛らしい顔を顰《しか》め、二十センチ下から俺を見上げる。

「なにが目的なのか、オリビアは私とあなた達を引き合わせようとしている」

なるほど。確かにあの飛行機の中でもオリビアは、俺と夏凪《なつなぎ》がミアと会うことを実は望んでいるように見えた。

「つまり私個人はあなたに用事はないし、興味もない。できれば顔も見たくないし、同じ空気も吸っていたくない。早くお家《うち》に帰ってもらえる？」

ミアは俺の傍らをするりと抜け出し、再び本の整理を始める。

……驚くほど嫌われている。いやこれはさすがに俺個人が嫌われているというよりは、ミアが外部の人間を避けているからなのだろうが。たぶん、きっと。

「悪いが、俺は目的を果たすまでは帰れない」

しかし俺はテーブルの上に積まれた書物を手に取りこう尋ねる。

「ミア・ウィットロック。これは《聖典》だよな？」

そう。今俺やミアが手にしているものも、そして壁一面に並んでいるものも、すべて。

「私がそれに答えなければいけない理由は？」

「俺の相棒が、オリビアの指示に従って今事件を解決してくれている」

そう、あの《聖典》がミア・ウィットロック陣営によって差し向けられたものであるならば。そこに記された難題を夏凪渚《なぎさ》が解決している現状は、俺たちの立場を有利にするはずだ。そしてついでに言えば俺もまた今、彼女の書庫整理という仕事を手伝っている。

「……恩の押し売りが必ずしも効果的だとは思わないけど」

それでもミアは仕方なくといった様子で小さくため息をつくと、

「ええ、そうよ。十万と二百七十九冊――ここにある《聖典》はすべて、私を含む歴代の《巫女《みこ》》によって編纂《へんさん》されてきた」

そう言って部屋中に並んでいる本棚を、静かに指し示した。

「私の未来予知の能力は、断片的ではあるものの世界の危機を見通すことができる。その能力を買われて私は《巫女》となり、いつか来る世界の終末《ラグナロク》を《聖典》に記すお役目を与えられた」

やはり風靡《ふうび》さんが言っていた通り、《巫女》には未来を視《み》る能力がある……これで、俺の目的を果たすために必要な力を、彼女が持っている可能性が明らかになった。

「まあ、未来が分かったところでそれを変えることはできないんだから、大抵の人にとっては無意味なものだけれど」

しかしミアは自身の能力をそう評価しながら、青い髪を振り払う。

「そういう力を持つ人間は、あんた以外にもいるのか？」

俺はつい仕事の手を止めて前のめりになりながら、詳しい事情をミアに尋ねる。

「働かざるもの食うべからず。保育園で習わなかった？」

するとミアは一人、背の高い椅子に深く腰掛け、目を瞑《つぶ》りながら俺にそう告げる。

「保育園では習わないだろ。三歳児をこき使おうとするな」

だがそれは質問に答えてほしくば、せめて仕事を手伝えということだろう。どういう規則性かは不明だがミアの指示通りに、俺は書物を棚に入れていく。

本棚に並んでいる背表紙には《Viral Pandemic》や《World War Ⅲ》、果ては《Vampire Rebellion》など物騒な文字が踊っている。それもかつて十二人の《調律者》たちが未然に防いできた世界の危機だったというのだろうか。

「ちなみに《聖典》は第一級秘匿物——読んでも良《い》いけど、もう二度とベッドで眠れなくなる覚悟はすることね」

「澄ました顔で怖いことを言うな……」

どうやらこの本を許可なく開いた日には、俺は大いなる存在に抹殺でもされるらしい。

俺は頬を引きつらせつつ《Alternate History》と書かれた《聖典》を本棚に並べる。

「この力を持つ人間は、世界で同時期に一人しか存在しない。そしてその一人が死ぬとその瞬間、能力は別の誰かに後天的に宿る――神の祝福として」

するとミアは俺が仕事をしている間に先の質問に答えていく。

「原典《はじまり》は、北欧神話における女シャーマンであるヴォルヴァ。彼女を祖として、過去何千年の歴史の中で沢山の《巫女《みこ》》が生まれてきた。あなた達の国にもかつて《巫女》はいたわ。名前はなんだったかしら。確か《miko》という音がそのまま入っていたと思うけど」

そう言ってミアは恐らく、1800年前の倭国《わこく》にいたという占術使いの女王の存在を挙げる。昔ヘルが語っていた聖者アガスティアも、その役職を担った一人だったのだろうか。

「ミアにはいつ、その力が宿ったんだ？」

「もう十年前になるかしら。とある自然災害が近々起こることを、ある日突然私がまるでうわごとのように呟《つぶや》き出して……それを両親が聞いていたことが発端だったそうよ」

ミアはその予言めいた能力の詳細と共に、自身の過去について語り始める。

「予言のようなそれは、ふいに脳裏にイメージとして降りてくる。私はほとんど無意識のうちにそれを言語化、もしくは紙にその内容を書き記す。私はそうして大規模なテロや、要人の命の危機をも予言し始めて――やがて神の子として知られるようになった」

「神の子……誰かに目をつけられたのか」

俺が言うとミアはふっと自嘲めいた笑みを浮かべる。

「そう、その通りよ。だけどあなたの言う『誰か』は一番近くにいた私の両親だった。この能力に目をつけた彼らは、私を教祖として宗教団体を作り上げ――お金儲《もう》けを始めた」

未来が視《み》える神の子――その存在を金のなる木だと、そう考える人間が出てくるのはむしろ自然なことだ。だがミアにとっての更なる不幸は、それが彼女の肉親であったことだった。

「話の途中で悪い、ミア。これはどうすればいい？」

俺がそう訊《き》きながら手に握ったのは、紐《ひも》で括《くく》られた十数枚の洋紙の束。他の《聖典》とは違って表紙もなく、その一枚目には雑な筆記体で《Singularity》と綴《つづ》られていた。

「それはゴミよ」

……関係はないはずだがそれを手にしている俺まで理不尽に罵倒を受けた気になる。

「どうせそこに記されている事は当てにならないから」

ということは、これは《聖典》とは関係ないのだろうか。《聖典》には決まった未来しか記されていないと聞いていたが。俺はひとまずミアの指示に従い、その洋紙の束を戻す。

「でも私のこの能力はあくまでも世界の危機を予知するだけのもの。たとえば信者一人ひとりの未来を占うことなんてできない」

するとミアはさっきの話の続きを語る。彼女の両親は、一人娘であるミアの未来予知の能力を当てにして宗教を開いた──しかし。

「それで宗教は成り立つのか？　信者は、神の子の予言を当てにしてるんじゃ……」

「ええ。だから私の両親は度々、神のお告げをでっち上げた。そうして信者からお金を巻き上げていったわ。言うことを聞かなければ罰が当たると、言外に脅してね」

それはまるで悪徳宗教の典型のような話。そしてミアがそれから語ったのも、どこにでもあるような──けれど、どこにもあってほしくない、悲劇の物語だった。

神のお告げを捏造《ねつぞう》し、信者から金を巻き上げることを思いついたミアの両親。当の本人であるミアは何度もそれに反対したものの、しかしその度に彼女は大人達にぶたれた。今さらお前は信者を裏切るのか、と。

まだ幼かったミアに抵抗の余地はなく、地下室に閉じ込められ、両親が悪事に手を染めるのを眺めることしかできなくなった。だが、そんな日常はより最悪な形によって塗り替えられる。

ある日、嘘《うそ》の予言に騙《だま》されて大金を失った信者が、その恨みからミアの住む家に火をつけた。そうしてその炎は瞬く間にミアの両親を包み込んだのだ。

「悪いことをしていたお母さんだったけど。私のことを沢山殴ったお父さんだったけど。それでも私にとっては唯一の家族だったから──だから私はどうにか二人を助けようとした。この未来を視《み》る能力を使って、燃え盛る火の手から逃れる方法を探ろうとした」

気付けばミアは大きな窓のそばに立っていて、その儚《はかな》げな横顔は暮れなずむ夕陽《ゆうひ》に照らされている。

「でも、どうやっても二人が助かる未来は私の目には映らなかった。だって私の両親は、この世界にとっては重要ではないんだもの」

そうだ、ミアに視ることができるのは、あくまでも世界の危機にまつわる事象のみ――一般人に過ぎない彼女の両親は、その対象外だ。

「……それで、ミアだけが助かったのか」

「地下室にまでは火の手が回らなくて、ね」

そんな神の加護なんて要らなかったのに、とミアは自嘲する。

「そんな状況にあって、あんたはどうやって《調律者》になったんだ?」

家族を失い、一人絶望に生きることになったミア・ウィットロックは、それからいつ、どのようにして《巫女《みこ》》として世界の敵と戦うようになったのか。

「今から四年半前、《名探偵》が私を盗んだのよ」

するとミアは俺の方を振り返りながらそう言った。

「……シエスタが関わっていたのか」

彼女の言う「盗んだ」とは、文脈的に「保護した」という意味だろう。シエスタが、当時家族を失い一人きりだったミアに救いの手を差し伸べた、と。

「シエスタは《名探偵》の仕事の一つとして、あんたを保護したのか？」

「元々は《怪盗》にその任務が与えられてたそうよ。でも《名探偵》が代わって私を盗み出した。『あの男だけは信用ならない』と言ってね」

怪盗——シエスタと旅をしていた三年間、そういった存在とは幾度となく戦ってきたが、今ミアが言っているそれは《調律者》である《怪盗》のことだろう。確か以前《シエスタ》が挙げた《調律者》の役職の中にそれもあったはずだ。……だが、しかし。

「《怪盗》が信用ならないって、どういうことだ？　仮にも正義の味方だろ？」

この世に十二人いると言われている《調律者》はみな、世界の危機を救うべく任命された人物のはずだ。確かにその中でも《吸血鬼》スカーレットはイレギュラーな存在であると聞かされていたが……《怪盗》もそれに類する者なのだろうか。

「《怪盗》は十二人いる《調律者》の中でも唯一、明確に連邦憲章に違反した裏切り者よ。今はとある大罪を犯して、地下深くに幽閉されている。そして《名探偵》はただ一人、その危険性に事前に勘づいていた。だからこそ《怪盗》を頼らず、自分の手で私を連れ出してくれた」

ミアの言う連邦憲章とは、いつかシャルが言っていたアレか。その掟《おきて》が《調律者》をまとめているらしいが。

「怪盗は一体なんの罪を犯した？」

話が徐々にずれていることは分かっていたが、それでも俺はそう尋ねた。世界の平和を守るはずの正義の味方が、なぜ罪人のごとく幽閉される事態にまでなったのか。

「彼は、私以外が触れることは本来許されないはずの《聖典》の一部を盗み出した」

ミア・ウィットロックはそう言うと、初めて怒りのような色をその瞳に滲《にじ》ませた。

「そうして怪盗は《SPES《スペース》》にまつわる予言が記された《聖典》をシードに売り払った。とあるものを対価にしてね」

「そこに話は繋《つな》がるのか……」

シードは、《怪盗》という存在を使って、ミアの《聖典》の一部を盗み出していた。先日のコウモリ脱獄の際も、シードは《吸血鬼》であるスカーレットと手を組もうとしていたが……数年も前から奴《やつ》は、《調律者》を利用しようとしていたのだ。

そうして《聖典》を手に入れ未来を知ったシードは恐らく、自らに迫る危機なども事前に予測することができるようになった。そんな相手とシエスタは戦い続け、やがて最後に彼女を待ち受けていた結末は――

「ねえ、あなたはどう思う？」

ふと、ミアが俺の方に向かって歩いてきながら問いかけてくる。

「すべてを賭して世界の敵と戦って、やがてそんな結末《さいご》を迎えるのが《調律者》のお役目だとして――たとえそうやって世界の危機を一つ救えたとしても、次々とまた敵はやって来る。戦いは決して終わらない。この世界が滅びるまで中身だけを入れ替えながら、騙《だま》し騙《だま》し、世界を守るフリをし続ける。そんな未来に、あなたたちは希望が持てる？」

すぐ目の前に、ミア・ウィットロックの揺れる藤色の瞳が迫る。

それはきっと、俺が抱く願いに対するアンチテーゼだった。

『果たして未来は変わり得るのか』

それに対する彼女の答えがこうだ。

『どのような未来を選択しようとも、行き着く先は世界の終末《バッドエンド》』

だがそれは決して大げさな結論ではない。ミアは幼い頃から未来予知の能力を宿し、それを契機に周囲から利用され続けてきた。シエスタによって一度は救い出されるも、そのシエスタが今度はその身を犠牲に捧《ささ》げることになり……そうまでしても尚《なお》、世界の敵は滅びない。ミア・ウィットロックは《巫女《みこ》》として、そんな一生続く地獄を観測《みらい》し続けているのだ。

「だから私はせめて、この寿命が尽きるまで……もしくは世界が終局を迎えるまで、この塔の中でお役目を果たし続ける。変な期待はしない。なにかを変えようだなんて思わない。

望まない、願わない、委ねない。私はただ《名探偵》がくれた仕事を、粛々と一人でこなすだけ」

そうしてミア・ウィットロックは、俺の返答を待たずそんな結論を下した。

「……ああ、今ようやくあんたのスタンスが理解できた」

俺は立ち上がりながら、そう答える。

ミアの言う通りだ。そんな未来しか待っていないのなら、なにか行動を起こすだけ無駄だと考えるのも当然だ。ミアはいつか来るその災厄の日まで、誰と会うこともなく、この時計台に閉じこもり続けるつもりなのだろう。その苦しみはいかばかりか、彼女の判断を否定することは俺には到底できない。そこまで考え至った上で、俺は——

「だが、悪いな。理解はできるが共感はできなかった」

ミアをお姫様抱っこの要領で抱きかかえた。

「……へ？」

すると俺の腕の中で、ミアはぱちくりと瞳を瞬《まばた》かせる。

どうしたんだ、そんな気の抜けた声を出して。キャラが崩れてるぞ。

まさか、今ので説得したつもりになってたか？

「今から俺が、未来がいかに不確定なものかっていうのを教えてやる」

と、その刹那——部屋中に、あるいはこの建物中に警報が鳴り響いた。ついで、さっきまでミアが寄り掛かっていた窓ガラスが音を立てて割れる。

「な、なに？　なにが起こってるの？」

動揺するミア。その間にも今度は外で爆発音が鳴り、地震のように床が揺れる。

どうした？　こんな未来は知らなかったか？　——だが、悪いな。

「お前は今、誰と一緒にいると思ってる？」

俺はミアを抱えたまま、この部屋の出口を目指す。

「あまり俺の巻き込まれ体質を舐めてもらったら困るな」

お前が神に愛された少女なら、俺はあらゆる神に見放された男だ。

悪いが、ここから先はあんたが想像もできない未来《トラブル》に巻き込ませてもらう。

そうして俺は「どこに連れて行く気!?」と叫ぶミアを抱えて、運命の輪の外側へと飛び出した。

◆たったひとつの未来《ルート》を探して

それから塔を無事脱出した俺たちは、すっかり陽《ひ》の暮れたロンドン市街を二人で歩いていた。

「な、なんでこんなことに……」

ミア・ウィットロックはキョロキョロと辺りを見渡しながら俺の二歩後ろをついてくる。さっきまでのクールさはどこかへ消え去り、背中を丸めて小さな歩幅で歩く。

「さっきのあれは一体……」

突如、時計台で起こった爆発事故。警報が鳴り響き、近くで炎と煙が立ちこめる中、俺たちは塔の外に逃げ出した。

「さあ、テロじゃないか」

「っ、なんでそんな平気なわけ」

ミアは語気を強め、俺の隣に並んでくる。

「う、大きな声出したら立ちくらみが……」

ようやく感情を表に出すようになってきたかと思いきや、ミアはふらふらとその場に座り込む。どうやら普段は部屋に引きこもった生活しかしていないらしい。

「テロぐらい起こるだろう、普通」

「起こらないわよ、普通」

ミアは、俺が差し出した手に掴《つか》まりながらどうにか立ち上がる。

「もう少し運動した方がいいな。たまには外に出ろ、外に」

「嫌よ、疲れるもの」

「真顔で言うなよ。ニートなのか、あんたは」

俺が言うとミアは微妙にバツが悪そうな顔を浮かべて、一人すたすたと歩き出す。

「外の世界に興味を持て。趣味を作れ。友人の一人でもできたら多少は前向きになれる」

「前向きになったところで、どうせそのうち世界は滅びるし……」

「ネガティブが天元突破してるな！」

まあ彼女の場合、それも大げさな表現でないところが微妙にツッコみ辛《づら》いが。

「……声が大きい。びっくりするからそれやめて」

するとミアが半身で振り返りながら非難がましく見つめてくる。

「あ、悪い。つい、いつもの奴《やつ》らと会話してるノリになっていた」

「いつもあなたは仲間とどんなテンションで会話してるわけ……」

ようやくそれに言及してくれる人間が現れたか。まあ、これればかりは俺一人でどうにかなる問題でもないのだが。聞いてるか？　斎川唯《さいかわゆい》に、その他愉快なメンバーたち。

「……はあ。まったく、あなたがいるとろくな事にならない」

そうしてミアは大きくため息をつくと、

「一年前だって大変だったんだから」

後ろ手を組み、俺をじとっとした目で見上げる。

「そうか、アレも舞台はあの時計台だったな」

約一年前、この地で繰り広げられたシエスタとヘルによる争い。互いにロボットや生物兵器を駆使して、時計台を舞台に散々派手に暴れ回った。だがあの時、あの塔の中にはミアもいて……そしてきっと窓からその光景を観測していた。

「少しは後処理をする身にもなってくれる？」

なるほど、当時あれだけ暴れ回ったにもかかわらず、一切野次馬《やじうま》も現れず、事故の報道もされなかったが……どうやら背後には大いなる力が働いていたらしい。まあ、その文句は是非とも白髪の名探偵に言ってほしいものだが。

「じゃあ、これで許してくれ」

俺は、歩道側を歩いていたミアの手をぐっと引く。その次の瞬間、「え」と目を見開くミアがさっきまで立っていた場所には、割れた植木鉢が落ちてきていた。

「よし、行くぞ」

俺はミアの手を放し、また夜道の散歩へと戻る。

「……やっぱりあなたと一緒にいると余計なトラブルしか起こらない」

俺の巻き込まれ体質に嫌気が差したのか、ミアは子猫のような背中をさらに丸める。さっきから小動物みたいな動きばかりしているな。

しかし俺にとってはまだまだこれも日常の部類。ミアに、未来は確かに変わり得るということを伝えるためには、もう少し付き合ってもらう必要がある。

「展開は常にスピーディにって、シエスタに教わらなかったのか？」

立ち止まったミアに俺は声を掛ける。

「なんの教えよ、それ。センパ……ごほん。名探偵とはたまに一緒にオンラインゲームをしてただけだもの」

「どんな繋《つな》がり方をしてる、《調律者》ども」

意外な先輩後輩の関係がここで明らかになった。シエスタにとって俺は助手、シャルは弟子……だとすると、ミアは案外手の掛かる可愛《かわい》い後輩だったりしたのだろうか。

そんなことを考えていると、近くのバス停に赤色の背の高いバスが停《と》まった。良《い》いタイミングだ。

「いいか。俺たちの世界では常識とか葛藤とか足踏みとか、そういうテンポが悪くなりそうになる要因は全部すっ飛ばす方針でいくって決まってるんだ」

「俺たちの世界ってなに……？　突然なんの説明が始まったの……？」

「いいからついてこい。俺たちの物語《せかい》のスピードに」

完璧に名言が決まったところで俺はバスのステップに足を踏み出す。

「これは余談だけど、あなたって友人が多そうなタイプには見えないわね」

「余談で人を傷つけるなよ」

「じゃあ本題だけど、私はあなたの友だちにはなってあげられないから」

「ああ、バカな夢を見る手伝いをしてくれればそれで十分だ」

俺たちはそんな会話を交わしながら、バスの一階席、最後方の席に並んで座る。

「――ねえ、あなたいつもそんな感じなの？」

すると窓際に座ったミアが、夜の街並みを眺めながら隣の俺に訊《き》く。

「そんな感じとは？　スマートで気が利いて実は格好良いと？」

「無理してボケなくていいわよ」

ボケたつもりはなかった。

「いつもそんなに無計画なのって訊いてるの」

無計画、か。確かに今も、このバスがどこへ向かっているかも分からない。いつ、どんな停留所を経由して、その間にどんな人が乗ってくるのか。――だけど。

「最後に行き着くゴールは決めてある。俺はいつか必ず、シエスタを生き返らせる」

それだけが俺の望む未来で、目指すべき物語の結末だった。

「本当にそんなことができると？」

ミアは俺のその誓いに驚いた様子を見せない。きっと既に知っていたのだろう。だからこそ、俺や夏凪《なつなぎ》を過剰に避けていた側面もあるのかもしれない。それが、途方もない願いだと気づいているから。

「さあ、どうだろうな」

分からない。分からないからこそ、俺はあんたに会いに来たんだと思う。

――だけど。

「そんなご都合主義にまみれたルートだって、一つぐらいあってもいいと思っている」

そう、願っている。

「………………」

俺の言葉を、ミアは肯定も否定もしない。ただ窓の外を眺め続ける。

たとえ完全無欠なハッピーエンドが難しいとしても。

誰かが少しずつ我慢して、何かが少しずつ欠けることがあったとしても。

それでも、誰もが何もかもを失うなんて、残酷な結末ばかりではないはずなのだ。

「未来はきっといくつものルートに枝分かれしている。それを選ぶのは、俺たちの今日の意思だ」

たとえば今日、オリビアの意思で俺があの時計台に招かれたように。今現在、俺の行動にミアが予想外に巻き込まれ続けているように。俺たちの意思で、行動で、未来のルートはいかようにも変化させられる。だったら。

「シエスタが生き返る未来《ルート》だって、存在するんじゃないのか？」

ミアの下を訪れた、最大にして最初の目的を俺は改めて今ぶつけた。

「――その台詞《せりふ》は確かに、あなたしか言うことが許されないわね」

するとミアはそんな意図の読めないことを呟《つぶや》く。

だがそれに対して俺が問い返す暇を与えてくれるほど、現実は甘くはない。

「悪い、お喋《しゃべ》りは一旦ここまでらしい」

「え？」

ミアが首を捻《ひね》るのと同時に、バスの車内に女性の悲鳴が響き渡る。そしてバスの前方に目を向けると――そこには、迷彩服を着た男がライフルを持って立っていた。

「バスジャック、か」

俺の巻き込まれ体質も本領発揮といったところだった。

◆その跳躍は、世界線を飛び越えて

「だ、だから外に出たくなかったのに……」

隣の席でミアが、やはり小動物のごとく膝を抱えて小さく身を丸める。可哀想《かわいい》と言っては失礼か。

「どうだ？　こんな未来は読めなかっただろ？」

「なんでこの状況で偉そうにできるのよ……」

ミアは恨みがましい視線で俺を見つめる。ようやく目が合うようになってきたな。

「私の能力はそんな占いみたいに便利なものじゃないの。仮に、世界に大きな影響を与えるような未来を意識的に視《み》ようとするなら、それなりに『場』を整える必要がある」

だから今このあと何が起きるかなんて分からない、とミアはそう小声で呟《つぶや》く。


「――動くな。動けばてめえらの命の保証はない」


次の瞬間、銃声が鳴った。

バスジャック犯がライフルをバスの天井に向けて発砲。ついでその銃口を俺たち乗客に向ける。……やれ、下手な動きはできなそうだな。

「——俺たちの仲間が解放されれば、てめえらもこのバスから降ろしてやる。運命共同体ってやつだな」

ハハッ、と。軍人のような格好をしたその男は、まるでコウモリのような笑い方をする。

どうやら犯人の目的は、鉄檻《てつおり》に入った仲間の救出らしい。それを警察と交渉するつもりなのか……あまり上手《うま》いやり方とは思えないが。

「どうするの？」

ミアが小声で訊《き》いてくる。

張り詰めた空気の中、幸いにも一番後ろの席に座っていた俺たちは今の状況を正確に把握できる。バスの中には俺とミアを含めて一般乗客が十一人、運転手が一人、そして銃を構えた犯人が前方に一人。敵が武器を持ち、また一般人も数多くいる中で、下手な行動には出られない。

「ああ、逆にどうしたらいいと思う？」

「肝心なところで頼りにならない……」

ミアは額に手を当てながら「オリビア……」と従者の名前を呼ぶ。やはり可哀想《かわいそう》と可愛《かわい》いは紙一重らしい。

「もういいわよ、そのうちどうせ世界は滅ぶし……」

「だからやめろ、その究極のネガティブ思考」

ダウナー系にも程があるぞ。しかも彼女の場合、割と洒落《しゃれ》になってないのが笑えない。

「いや、俺もな？　探偵の指示があればちゃんと動けるわけでな？」

「お願いだからプライドを持ってよ、プライドを」

「ミア、とりあえず手握っても良《い》いか？」

「人の話聞いてた？」

ダメと言われたわけではないので彼女の小さな掌《てのひら》を握ってみると、ピキッと彼女の身体《からだ》が固まるのが分かった。

「……男の人に手を握られた経験がないのよ」

と、ミアは聞いてもいない言い訳を早口で呟《つぶや》く。ため息をつくミアの、握ったその手は思った以上に冷たかった。

「こんなとき、センパイならどうしてた？」

取り繕う余裕がないのか、ミアは素直にシエスタを先輩と呼ぶ。

「とりあえず紅茶を飲むか、俺をからかうかだな」

「まったく参考にならなかった……」

ああ、乗ってた飛行機がハイジャックされた時でさえ、ぐっすり昼寝をかますようなやつだったからな。

「……私は《調律者》の中でも、こういうのは得意じゃないの」

するとミアは俯《うつむ》き、自嘲気味に漏らす。

そうだ、なにも《調律者》は戦闘スキルに優れた者ばかりで構成されているわけではない。たまたま今まで俺が出会ってきた三人がそうだっただけだ。

たとえば頭脳のみが特別長《た》けた存在もいるかもしれないし、ミアのように未来予知の能力を買われて《調律者》になった者もいる。そういう十二人のバランスによって世界は調律されているのだ。

「私には《暗殺者》の鉄のような使命感も、《吸血鬼》の世界をも滅ぼす強さも、《名探偵》の死さえ恐れぬ勇気もない。だから私はあの時、センパイの賭けを止められなかった」

「ミア、お前は……」


「――誰だ！　誰が喋《しゃべ》っている！」


次の瞬間、バスジャック犯が興奮したように乗客達に向かってライフルを構えた。そして銃口を向けながら、一人一人の下に歩み寄る。……が、一番後ろの席に来る前に、身を翻して運転席の方へ戻っていった。どうやら俺たちのことはバレなかったらしい。

「……あなたの言う通り、未来が変わることはあるわ」

するとミアが、先ほどよりも小さな声で俺に語りかける。この声量ならエンジン音でかき消されるだろう。

「二日前、私は日本に行った。私が最近新しく観測したはずの未来が変質していたから、その原因を探りに」

「……そうか。だからあの飛行機にあんたは乗ってたんだな」

普段は塔に引きこもっているはずのミア。だがそんな彼女がなぜ、日本からロンドンへ向かう飛行機に乗っていたのか。その理由がようやく明かされる。

「《SPES》《スペース》にまつわる私が知っていたはずの未来——それはサファイアの少女が《暗殺者》に殺され、結果としてシードが器を失うという結末だった。だけどそのルートは覆され、そしてその変質の中心には、あなた達がいた」

……ああ、そうだ。確かに俺は斎川《さいかわ》を守り、結果としてシードを生かすという選択をした。それは本来、世界を敵に回しかねない選択肢。《調律者》として、また《巫女》《みこ》として世界を正しく導く役割を担うミアにとっては、予想外の結末だった。

「未来は変わることもある。でも、結局その終着地だけは変わらない」

ミアが、赤信号で停止したバスの車窓の景色を眺める。車内の前方では、ライフルを持った犯人が運転手に「バスを止めるな」と大声で怒鳴っていた。

「《名探偵》は確かに未来を覆したはずだった。だけどあの日、彼女は死んでしまった」

それはきっと、ミアがまだ俺に語っていなかった真実。

さっきも言いかけていた、彼女が止められなかったというシエスタの賭け。

「元々、先代の《巫女》によって《聖典》に書き記されていた《SPES》と《名探偵》の戦いは……後者の敗北によって終わりを迎えていた」

「シエスタが、シードやヘルに敗れると？」

「ええ。そうしてセンパイは死に、シードは生き残ったヘルを器とする。そんな最悪の未来が《聖典》には書かれていた」

それが書かれたのは恐らく十年近く前のこと、とミアは語る。

「だけど四年前、センパイはあなたと出会った。そしてあなた達二人は、《聖典》に記されていたはずの未来を少しずつ変え始めた」

……俺はなにもできていない。だけどあの時のあいつは、きっと運命すらもねじ曲げようとしていた。

「これならセンパイの死という結末を避けられるかもしれない、そう感じながら私は約一年半前、改めて《SPES》にまつわる未来を視《み》た。そして、その結末は――」

「――シエスタとヘルが相打ちになり、シードが器を失うという最後、か」

俺が言うと、ミアはぎゅっと俺の手を握った。

それは約一年前、俺たちの身に実際に起きた出来事。結局、いくらわずかに未来を変えたとしても、その最終的な結末は……シエスタの死というバッドエンドだけは、どうやっても変わらなかった。

「もちろん私は諦めたくなかった。この手で家族を壊してしまったけど……両親を救うことはできなかったけど。それでも、私にとって恩人のセンパイが犠牲になる結末だけは防ぎたかった。……でもセンパイ自身は、きっとその時にはもう覚悟してたんだと思う」

……ああ、シエスタはそういうやつだ。自分がどんな運命を辿《たど》るのかが分かっていて、それでもあいつは最後に探偵としての道義を通した。自らを犠牲にしてでも巨悪を封じ、そして夏凪《なかま》を救うのだと。依頼人の願いを叶《かな》えるのだと。

「しかも、私と違って《SPES》《スペース》と直接交戦を続けていたセンパイは、シードが《聖典》を欲していることに勘づき、同時に《怪盗》の裏切りにも備えていた。そして彼女はその状況を逆手に取ることを私に提案した」

「……あえて《聖典》をシード達に盗ませたのか。そこに記されている未来が間違いだと知った上で」

それは罠《わな》とでも呼ぶべき、シエスタの秘策。元々《聖典》に書かれていた結末は、シエスタが敗北し、生き残ったヘルをシードが器として利用するというもの。すでにその未来は訪れないことを悟った上で、わざとシエスタはその《聖典》をシードの手元に渡したのだ。

そしてシードはそんな偽の未来を知った気になって安心し、シエスタの賭けに気づかなかった。だからこそ予定の狂ったシードは今になって、あくまでも保険だったはずの斎川《さいかわ》唯《ゆい》を器にしようと試みているのだ。

「あなたの言う通り、確かに未来は変わり得る。でも、最後の結末だけは変わらない」

ミアは感情の欠けた声で、そんな結論を改めて告げる。

「確かに未来が変化したことによって助かった命があって、叶えられた願いがあって……だけど、失われた命もあった。でも私は……これが我《わ》が儘《まま》だと分かっているけど、それでも、大切な人が生きていてくれる未来の方が良かった」

それはきっと、巫女《みこ》の拭えない後悔。地獄から救い出してくれた恩人を、しかし自分は助けることができなかった。ミアはあくまでもシエスタが救われる未来を追い求めようとして……だが最後には、シエスタの探偵としての決意がそれを上回った。そうして訪れたのは、ミアにとっては変わらぬ最悪の結末。

だからミアは、行動しない。未来を変えようとしない。ただ——観測するだけ。一年前、シエスタとヘルの戦いを、あのロンドン一背の高い時計台から眺めていたように。ミア・ウィットロックは、世界が終末を迎えるその日まで、ただひたすらその目に映った未来を手記に綴《つづ》るというお役目を果たす。そんな彼女に、俺が言えることがあるとすれば——

「でも俺たちは、シエスタの意思も超えるつもりだ」

ミアが目を見開いた。

それは俺の発言の内容によるものか、それとも俺が堂々と立ち上がって見せたからか。

「――さっきから誰だ！　誰が喋《しゃべ》っている！」

バスジャック犯がこちらにライフルの照準を合わせる。だが、銃口は迷うように揺れている。それも当然だ。相手には俺の姿は見えていないのだから。

「バスジャック中にのんきに喋るなって？　逆だ」

そうして俺はミアの手を取って、身を低く屈《かが》める。


「こっちが大事な話をしてる最中にバスジャックをするな」


どうやらこの世界にも一人ぐらいはエキストラがいたらしい。犯人《モブ》までの距離はおよそ十メートル、予期せぬトラブルに巻き込まれなければ数秒で終わる戦いだ。

「ちょっと、何やってるの！」

「心配するな、お前の姿も相手には見えていない」

それがカメレオンの種を飲んだことで手に入れた力。だから俺は最初からミアの手を握っていた。

「俺はあいつを生き返らせて、こう言ってやるんだ。ざまあみろってな」

いつまでも掌《てのひら》の上になんていてやるか。お前も格好をつけて一人で死んだつもりかもしれないが、俺はその結末を覆す。そうして未来を変えてみせる。

「……本気なの？」

「じゃなかったら、こんな異国の地まで来ちゃいない」

その時、犯人が音を頼りに発砲してくる。車内に響き渡る乗客の悲鳴。

俺とミアは空いた座席に身を潜らせながら銃弾を躱《かわ》す。

「だから頼む。シエスタが生き返る未来を、一緒に見つけてほしい」

「……本当にそんな未来《ルート》が存在すると？」

「無ければ作る。今度は俺が世界を巻き込みながらな」

俺は再びミアの手を取って走り出す。バスジャック犯まではもう目前だ。

「そんな早く走れ、ない……っ」

だが普段部屋に閉じこもっているミアは、足をもつれさせながら大きく息を乱す。

……ああ、そうか。彼女はまだ、気づいていないのか。

「ミア、自分の足下をよく見ろ」

俺がそう言った刹那、視界の端に黒光りするピストルが映った。どうやらバスジャック犯はもう一人、乗客の中に紛れていたらしい。そういえば最初に軍人風の男が「俺たち」

と言っていたか。やれ、「予期せぬトラブルに巻き込まれなければ……」なんて俺にとってはフラグでしかなかったようだ。

「君彦《きみひこ》！」

ミアが思わず俺の名を叫ぶ。

「そっちは任せたぞ、ミア」

俺は彼女の手を解《ほど》き、座席に立っていたもう一人の犯人にタックルを喰《く》らわせる。

男は見えない衝撃を腹部に浴びると、短い悲鳴を上げて武器を落とした。

だが代わりに俺との接触が絶たれたミアの透明化が解ける。

「──ッ！　どっから現れた、このガキ！」

そしてバスの前方にいた軍服の男は、突如目の前に現れた少女に驚愕《きょうがく》する。だがその動揺が、もう一瞬の隙を生む。

「ミア！　お前がたとえ未来を変えたくないと願っても、もう遅い！　だってそうだろ！　その靴を今お前が履いている意味を考えろ！」

俺が言った瞬間、ミアの藤色の瞳が大きく見開かれる。

そうだ、気づけ。それはきっと《名探偵》からの……ずっと塔に引きこもっている、手の掛かる後輩に対する贈り物。シエスタの今となっては届かない思いは、しかし確かな形となってミアに大きな一歩を踏み出させる。

「——クソったれがあああああ！」

バスジャック犯が、ミアに向かって銃を乱射する。

だが遅い。その銃弾は、誰もいない虚空に放たれ続ける。

なぜかって？

その答えが知りたかったら上を見てみろ。

「あああああああああああああ！」

いや、それももう遅かったか。

今——高く、高く飛んだ少女のつま先が、軍服男の頭を蹴り飛ばした。


ああ、俺は四年前から知っている。

その名探偵の靴は、空をも駆ける。

◆遥《はる》か未来へ向けた伏線

「疲れた……もう一生外出なんてしない……」

ミアは「ずーん」という効果音がつきそうなほどに肩を落としながら、夜道を歩く。

あの後、ミアの活躍によってバスジャック犯を制圧することに成功した俺たちは、時計塔への帰路を辿《たど》っていた。ぼちぼちテロ騒ぎも収まっていてくれているといいが。

「どうしてあなたと一緒にいるとこんなにヘンテコなことばかり起こるのよ」

するとと隣を歩くミアが、非難を込めた視線を俺に向けてくる。

「ん？　俺のおかげでどうしたって？」

「……あなたって結構良《い》い性格してるのね。もちろん皮肉だけど」

ミアは何度目か分からないため息をつく。

「偶然、飛行機が同じ便になったのが運の尽きだったな」

今思えばあの時からミア・ウィットロックの受難は始まっていたのだろう。

「……そうよ。あなた達のせいで私は狭いミールカートの中で何時間も過ごす羽目になったんだから」

お、そこまで推理が当たってたか。そりゃ災難だったな。

「そもそも、どうしてあなた達はあの便に乗ってたのよ。私はわざわざ一本後ろにずらしたのに……」

なるほど、オリビアにでも頼んで手配をしてもらっていたのだろう。だが直前になって発動した俺の巻き込まれ体質によって未来が変わってしまった、と。

「いやまあ、高い木から降りられなくなってる猫を助けてたら、一本乗り遅れただけなんだが」

「そんな理由!?」

「そんな理由とはなんだ。猫を馬鹿にしたらシエスタに怒られるぞ」

仕事で迷子猫を探してた時、無事に見つかった猫が可愛《かわい》すぎて、自分も飼うって言って聞かない時期があったからな。

「名探偵の調教のせいってこと？」

「……あながち間違いではないが言い方に気を付けろ」

だが俺がこう育ってしまったのは、元々この厄介な体質ゆえだ。シエスタと出会う前に過ごしたあの日々も、きっと影響を与えているのだろう。

「でも、だったら――」

ふと、俺の着ていたジャケットの袖口が、きゅっと小さな力で摘《つ》まれた。

「私がこうなったのは、少なくともあなたのせいだから」

俺の半歩後ろで、ミアが小さな声で囁《ささや》く。

月夜の下。街灯が照らす歩道で、振り返った俺と、彼女の視線が重なる。

「何度でも言うわ。私が部屋を飛び出したのは、あなたのせい。散々トラブルに巻き込まれたのもあなたのせい。それから……ほんの少しだけ、未来を変えてみたくなったのも、あなたのせい。全部、全部、あなたのせい」

だから、と。

ミア・ウィットロックは俺を上目遣いで見上げながら言う。

「責任、取ってよね？」

その困ったような、それでいてどこか期待しているようにも見えるその表情は、今日見た彼女の姿で最も人間らしく、そして美しいとさえ思った。

「ああ。責任ぐらい、いつだって、何度だって取ってやる」

これで俺たちは共犯者だ。

生まれたときから神に見放されていた俺と、神から望まぬ祝福を受け続けてきた巫女《ミア》。

そんな俺たちが今、手を組んだ。

倒すべき敵は——あえて大げさに言おう、神が定めし未来。相手にとって不足はない。

俺たちは初めて互いに笑みを浮かべ、握手を交わしたのだった。

「まあ、何人か結婚の約束をした女がいるから少し待たせることにはなると思うが」

「……そういう意味で言ったんじゃないし、絶対それ嘘《うそ》だし、そういう意味で言ったんじゃないから。そういう意味で言ったんじゃないから！」

それから。愉快な会話を繰り広げているうちに、やがて俺たちは例の時計塔へと帰ってきた。専用のエレベーターを昇って、ミアの部屋に繋《つな》がっている扉を開く――と、そこには。

「あ、君塚《きみづか》。おかえり」

部屋の中には予想外の人物が待っていた。

「へえ、また可愛《かわい》い女の子侍《はべ》らせて。なに、その子も嫁候補？」

「その子もってなんだ。もって」

ミアを一瞥《いちべつ》した後、俺をじとっと見つめてくる探偵と軽口を交わす。

「そっちも無事解決したみたいだな、夏凪《なつなぎ》」

夏凪は一人、テーブルについて紅茶を啜《すす》っていた。

「うん。あの子のおかげで、ね」

数時間前、教会の墓地で別れて一旦別行動を取っていた探偵――夏凪渚《なぎさ》。どうやらメデューサの事件は、夏凪のもう一人の相棒の力を借りて無事に解決したらしかった。

「お帰りなさいませ、巫女《みこ》様」

そして、部屋にいた人物はもう一人。

クラシカルなメイド服に身を包んだオリビアが、恭しくミアに一礼する。

「いつもとひと味違う日常はいかがでしたか？」

「……オリビアのばか」

とすん、とオリビアの胸に顔を沈めるミア。それだけで二人の関係性が見て取れるようだった。

「君塚《きみづか》様にも、色々とお手間をお掛けしました」

「まったくだ」

にこやかに営業スマイルを浮かべるオリビアは、懐から取り出した財布を俺に手渡す。中を確認すると例のマスターキーも入っている。やれ、この数日に関して言えば、巫女《みこ》よりもその従者の方がブレーン的な役割を果たしていたようだった。

「これで、全員が揃《そろ》いましたね」

オリビアは微笑を浮かべると、俺とミアにも紅茶を淹《い》れ、着席を促す。そして、

「どうぞ、私のことはお気になさらず。本題をお話しくださいませ」

オリビアは、自らは一歩引いたところで粛然と立つ。

本題——それは、俺と夏凪《なつなぎ》が《巫女》の下を訪ねた理由だ。シエスタが生き返る未来を観測してもらうために、俺たちはミアに会いに来た。実際、ミアの能力は世界に重大な影響を与える事象のみに働くことが分かったわけだが、しかし世界の守護者である《調律者》たるシエスタの生死は、恐らくその対象に当てはまるはずだ。

「改めて訊《き》くわ」

すると真っ先に口を開いたのは、その《巫女》本人だった。

「あなた達は本当に、《名探偵》を取り戻すつもりなのよね？」

上座に着いたミアは、並んで座る俺と夏凪にまっすぐな眼差《まなざ》しを向ける。

本当に俺たちにその覚悟があるのか。

神をも恐れぬ奇跡を起こすために、修羅の道を歩むつもりなのか。

その決意を《調律者》として問いただす。それに対して、俺は——

「もしもミアの観測する未来に、本当にそんなルートが存在しないのなら諦める」

——だけど。それでも。

「無限に続く地獄の先にたった一本でもその道があるなら、そのための障害はすべてこの手で取り除く。それが俺たちの宿願だ」

格好つけすぎだな、と自分で言って思った。

だが、元が張りぼてだ。

これぐらい大きな袈裟《けさ》を纏《まと》わなければ、きっと勝負の舞台にすら立てない。

そう思って俺は、物語の主人公にでもなったつもりでこの世の正義に向けて宣誓した。

「願うだけじゃない。今日、今から、行動するよ」

すると夏凪が、初めて会う《巫女》に臆することもなく、そう口にする。

「どんな代償を払うことになったとしても？」

「ああ。残念ながら、もう戻れないところまで来てるからな」

今度は代わって俺が答えた。

そう、代償ならもう払っている——俺はあの日、《種》を飲んだ。

夏凪《なつなぎ》にも他の誰にも改めて言う気はないが、五感だろうが寿命だろうが、体内に巣喰《すく》う植物に捧《ささ》げる覚悟だった。きっと俺のこの願いは、それぐらい賭けなければ叶《かな》わないと知っていた。

そんな決意を言外に告げた俺を見て、《巫女《みこ》》ミア・ウィットロックは。

「たとえ吸血鬼がいるこの世界でも、死んだ人間が元通りに生き返るなんて、そんなことはあり得ない。だから死んだ人間の未来を観測することは出来ないし、そんな行為には意味がない。——だけど」

そうして彼女は、どこか儚《はかな》げな美しさを微笑に込めてこう言った。

「君塚君彦《きみづかきみひこ》——あなたが本当に世界の特異点になることを望むと言うのなら、あるいは」

◆名探偵からの手紙

「理不尽だ」

夜のベイカー街を一人で歩きながら、俺はため息をつく。

時計塔で行われた《巫女》ミア・ウィットロックとの話し合い。あれから彼女は「《調律者》同士で大事な話があるから」と言って、新しい《名探偵》候補である夏凪をその場に残して俺を追い出したのだった。

結局ミアは、シエスタが生き返るという未来が存在するのか否か、あの場で答えを明言しなかった。だが少なくとも交渉が決裂したわけではないはずだ。

「あとで夏凪が帰ってきたら訊《き》かないとな」

きっと、その話し合いが今まさに行われているはずだ。そう自分を納得させながら、俺は一人で帰宅の途につく。だが帰る先はホテルではない。

そう。俺は今回の旅の、最初の目的を果たしに行くのだ。

「──懐かしいな」

一年前も歩いた街並み。だけどあの時は隣に、もう一人いた。

ショーウィンドウに飾られた服を見ていた。スーパーで晩飯の買い物をしていた。お気に入りのカフェで紅茶を飲んでいた。どこを見てもあいつの面影が、この街には残っていた。

そうして見慣れた景色を進んでいくと、通りの角に古びた雑居ビルが見えてくる。その一室が俺とシエスタの事務所であり住居だった。エレベーターのない建物の階段を三階まで上り……少しだけ躊躇《ためら》いながら、鍵を挿してドアノブを回した。

「ただいま」

誰もいないことは分かっている。

それでも昔の習慣で、空っぽの部屋に帰宅を告げた。

カーテンを開けると、月明かりが部屋を照らす。ダイニングテーブルも、ソファも、家具の配置はなにも変わっていない。一年前、夏凪《なつなぎ》を助けに《SPES《スペース》》のアジトへ向かった直前のままだ。俺はあの日あの場所でシエスタを失ってから、逃げ帰るように日本に戻ったのだった。

「綺麗《きれい》なもんだな」

もっと汚れていると思っていた部屋には、塵《ちり》一つ落ちていなかった。ピザの箱もなければ、お菓子の袋も散乱していない。揃《そろ》いの紅茶のティーカップは、ちゃんと食器棚に仕舞《しま》われている。一年前、シエスタが出発前に綺麗に掃除していたのだろう。もうここに戻ることはないと知っていて。

それから俺は寝室に向かう。そこはシエスタの部屋でもあり、中にはベッドと、小さな書斎があった。そしてその机には、鍵のかかった小さな引き出しがある。

「そうだ、これだ」

俺は一年と少し前、この引き出しを巡ってシエスタと交わしたやり取りを思い出す。

当時、所用があって俺がシエスタの書斎に足を踏み入れたところ、彼女は挙動不審なそぶりで何かを机の引き出しに隠していた。しかもシエスタはそれにすぐさま鍵を掛け、こんな風に俺にその中身を推理させようとしていた――


『そんなに中身を知りたいなら、たまには君が推理してみれば？　できるものなら、ね』

『そうまでして教えたくないってことはあれだな。三大欲求が人より強めと噂《うわさ》のシエスタらしく、そこそこハードなポルノ雑誌を……』

『バカか、君は』

『やれ、理不尽だ』

『君じゃないんだから』

『一撃必殺のツバメ返しはやめろ』

『君のパソコンにあった隠しフォルダじゃないんだから』

『だからどこまで知っている！』

『フォルダ名を小難しそうな英語の論文タイトルにリネームするの、やめた方がいいよ。すごく浅はか』

『ああ、やめよう。どちらかと言えばこの話を今すぐやめよう』

『他の人相手にならともかく、私には通用しないから。普通に面白そうだなと思って覗《のぞ》いてしまったし』

『もっとシエスタが興味を示さなそうなフォルダ名にするべきだったか……最新インスタ映えスポット100選、とか』

『だからつまりは』

『?』

『……不意打ちで私にああいうリアルなのを見せないでほしい』

――シエスタは早口にそう漏らしながら、珍しく朱に染まった顔を俺から背けたのだった。

「……特に関係ないエピソードまで思い出してしまったな」

気を取り直し、蛍光灯のオレンジ色の灯を点《とも》しつつ、俺は《シエスタ》から受け継いだマスターキーを取り出す。それはシエスタの《七つ道具》が一つ――この鍵を使えばどんな錠でもたちまち開くという。出会った当初はこれで俺の家にも侵入されていたことを思い出す。

「頼むぞ、シエスタ」

そう祈りながら俺は鍵を差し込む。ここには《SPES《スペース》》と戦うためのヒントが、シエスタの遺産という形で残されている可能性が高い。だが恐らく過去のシエスタも、《SPES》にまつわるすべてを知っていたわけではない。

恐らくシエスタが頼りにしていたミアの未来予知も、彼女が自分で言っていたように完全なものではなかった。それゆえシエスタはあの賭けに打って出たわけだ。シエスタはそんな結末を俺に悟らせないようにあの三年間、重要なことを話そうとしなかったのだろうが……シエスタが与えた課題も乗り越えた今なら、きっと彼女は協力してくれるはず。そう思いながら鍵を回し、引き出しを開ける——と。

「手紙？」

そこに入っていたのは、一通の手紙だった。

封蝋《ふうろう》がしてあるそれをペーパーナイフで開け、中から便箋を取り出す。

それは「拝啓　助手へ」から始まる俺への手紙だった。

『バカか、君は』

「……理不尽だ」

なぜか本文の一行目から罵倒を受けていた。一体俺がなにをしたというのか……。気を取り直して二行目以降に目を移す。

『女の子の秘密を暴こうとするのは正直引く。これを読んでいる今も一体どんな手を使ったのやら、想像するだけでも怖い』

「アホか、正規の手段だ」

お前がメイドを使って、俺に鍵を渡したんだからな？

『とは言え、君がこれを見つけたということは、そうまでしてでも「あの情報」を掴《つか》みたかったからだと思う』

来た、そうだ。その通り。

俺はお前が遺《のこ》しているはずの《SPES《スペース》》の情報、そしてシードの倒し方を知りたいんだ。

期待しながら俺は次の行に目をやる。

『私はどちらかというと、モンブランよりも苺《いちご》のショートケーキの方が好きなんだよね』

「死ぬほどどうでもいい！」

思わず手紙をぶん投げそうになった。アホか、今さらそんな情報を知るためにロンドンに来たわけじゃない。……というかそれにシエスタお前、俺がその二つを買ってきたところで二つとも食べてたじゃねえか、俺の分まで。

『冗談はさておき』

「俺はお前と時空を超えて漫才をしに来たわけでもないからな」

『《SPES》とその親であるシードについて、ここに私の考察を残しておこうと思う』

と、ようやく本題だ。

そして手紙は次の便箋に移っていた。

『今この手紙を読んでいる頃の君は、ある程度《SPES》についての知識がある状態だと推測できる。よってその詳細については省くことにする。手が疲れるので』

……最後の言い訳が小学生じみているのはさておき、確かにシエスタの推測は当たっている。シードと出遭った記憶を取り戻し、調律者の存在なども知っている今は、ある程度話についていけるだろう。

『まず前提として、シードはすべての《SPES》の生みの親——シードを倒せば《人造人間《クローン》》が生み出されることもなくなり、《SPES》は壊滅に向かうと考えられる。ゆえにシードの討伐こそを成し遂げなければならない』

ああ、今の俺たちと方針は同じだ。

だからこそ俺たちは、シードの情報を求めてここに来ている。

『だけど現状、シードは表に出てくる素振りを見せない。恐らくシード自身は目立った行動を……戦いを望んでいるわけではないと推察できる。あくまでも望みは生存本能を満たすことで、テロ行為などに及んでいるのはシードの配下だけである』

その推測は、今まで知った情報と照らし合わせてみると実に納得できるものだった。シードは自ら動かず、ヘルのような幹部に目立った行動を起こさせている——それはひとえに、器候補であるシエスタを戦場に駆り出すためだ。

そうしてシエスタを戦いの中で成長させ……あるいは同じ器候補であるヘルと競わせる

途上で、シエスタの体内に芽吹く《種》の生存本能を高めさせた。それが《原初の種《シード》》とシンクロする条件だったからだ。

『シードは地球環境に適合ができないという理由で、私やヘルを筆頭とした人間の器を求めている。けれどシードは具体的にどういう事情で地球に適合できないのか——その詳細が判明すれば、それがシードを倒す弱点にもなり得る』

……なるほど、確かにそうだ。この惑星の一体なにが、シードを苦しめる条件になっているのか。それがひいてはシード討伐の鍵になる。

『たとえば水、あるいは窒素や酸素のような空気中の成分。地球には豊潤にあるものの、シードが元いた惑星、もしくは宇宙空間に存在しないものが弱点ということは考えられないだろうか』

そうしてシエスタの考察は三枚目の便箋に続く。

『《吸血鬼》はそれについて何らかのヒントを掴《つか》んでいるようだったけれど、情報交換のテーブルについた時、私は彼が要求する対価を支払うことができず、結局聞き出すことができなかった。君もあの男には気をつけて』

やはりスカーレットとも関わりがあったのか。あのナルシスト吸血鬼が要求した対価——まさかシエスタ自身を差し出せとでも言ったんじゃないだろうな。もしそうだったら今度会ったらぶっ〇すが。

『そしてもう一つ、大事なこと。シードは中々表に顔を出さないとは言ったけれど……実は、私は約四年前にあの島で一度だけシードと戦っている』

四年前――しかしこの手紙が書かれたのが約一年前であることを踏まえると、それは今から考えて五年前の話だろう。シエスタが《SPES》《スペース》の施設に居たのは六年前だったはずで、ということはその一年後、シエスタは一度シードに挑んでいたのか。

『けどそれは実際、戦いとも呼べないものだった。シードの強さは圧倒的で、純粋な戦闘力で言えばおそらく《吸血鬼》や《暗殺者》に匹敵するか、それ以上と思われる。そして完敗した私は、その場から逃げるように立ち去った』

シードの強さは《調律者》と同等以上の格――そんな相手に、当時のまだ幼かったシエスタが挑んだところで敵《かな》う余地はない。そんな彼女がシードに見逃されたのは、ひとえに器候補だったからだろう。シエスタの器としての成長を見込んで。

『さらにそれからしばらくして私は、未来が視《み》えるミア・ウィットロックという少女に出会った。《調律者》となったミアは私を先輩として慕ってくれていて……私の身を案じた彼女はある日、特例として《SPES》についての記述がなされた《聖典》を見せてきた』

そこでシエスタがなにを見たのか……それはきっとバスの中でミアが語っていた通りだろう。最初《聖典》には、シエスタが《SPES》に敗北し、ヘルがシードの器となる未来が記されていたのだ。

『そうした経験を通して私は悟った。未来を覆すには……シードを倒すには、よほど入念な準備が必要だと。そしてそのためには、《SPES》《スペース》の情報をもっと集めなければならない、と。だから私はあの日、あの空の上で、君に声をかけた』

それは四年前──地上遥《はる》か、一万メートルの空の上。

俺に銃を運ばせていたシエスタは、最初から俺を助手にするつもりだったのだ。

理由はきっとただひとつ、俺のこの体質。

俺がいれば、事件は……《SPES》は、ひとりでに向こうからやって来る。

『まああの時はついうっかり昼寝をしてしまって、ちゃんと段取りを説明することはできなかったんだけど』

あのなあ……あの時どれだけ俺がテンパったと思ってるんだ？　いきなりハイジャックに巻き込まれたと思ったら、《人造人間》と戦う羽目になったんだぞ？

『でも君はちゃんと私について来られて……いや、思っていた以上の働きをしてくれて。そして何より』

便箋は四枚目に移る。

『話してて面白かった』

「アホか」

思わず声に出してツッコんだ。

『そして気づいたら、君を三年間も連れ回してしまってた。ごめん』

それは一度、シエスタが夏凪《なつなぎ》の身体《からだ》に表出していた時にも聞いた謝罪だった。

……やれ、だから謝るなと言っているのに。

『そして多分、今も迷惑をかけている。この手紙を必要としているということは、私がシードを討ち損ねているということに他ならない。君にも……恐らく今、君の周りにいる仲間たちにも、多大な迷惑をかけていると思う。《名探偵》として、そして《調律者》として、最後まで正義を完遂できなかったことは、何よりも恥ずべきことであり、同時に遺《のこ》された君たちに心から謝罪したい』

全部で四枚の手紙。

その末筆は、こう締めくくられていた。

『最後に、君たちがこの後取るべき行動を具体的に示して挙げたいところではあるものの、さすがの私も、一年後の未来を正確に予測することはできない。特に例の体質を持つ君を取り巻く環境は日々変化し、《巫女《みこ》》でさえ予想のできない行動を取っている可能性が高い。けれど、だからこそ私は、君にほんの少しだけ期待をしながらここに筆を置こうと思う。君たちが、私ですら思いつかない未来を選択することを楽しみにしながら』

手紙はそこで終わっていた。あくまでシエスタらしい締め方だ。俺の行動なんて予想もつかないなんて泳がしながら、俺たちがある程度突飛な未来を選び取ることを、なんとなく察しているようですらある。

「だが悪いな。まさか自分が生き返るなんてルートは、予想外の中でも予想外だろ」

俺はふっと笑いながら、シエスタのベッドを拝借して仰向《あおむ》けに寝転ぶ。そういえば一度、酒に酔ったあいつと一緒に一晩明かしたこともあったな。そのあとは大喧嘩《おおげんか》したんだったか……まったく。

「早く起きてこい、シエスタ」

そしてまた喧嘩をして、気まずくなって、どっちかが決まり悪そうに謝って、ピザを食って、ケーキも食べて、紅茶を飲んで、とんだバカな話をしよう。そんなことを考えながら。今ならそんな夢でも見られそうだなと思いながら。

俺はそのままベッドで、そっと目を瞑《つぶ》った。

◆月明かりの夜に、君は誓う

ふと、甘い香りがした。

それは安心感に包まれる、薔薇《ばら》の香水のような匂い。

「あ、起きた」

そして暗闇だった世界から目覚めると、すぐ隣に一人の少女の顔があった。

「……なにをしてる、夏凪《なつなぎ》」

ほんの少し目を閉じただけのつもりだったが、いつの間にか寝入っていたようだった。

「赤ちゃんみたいにすやすや眠るなあって思って見てた」

「当たり前のように男が寝てるベッドに入ってくるな」

「ドキドキした？」

「シエスタのベッドで夏凪と同衾《どうきん》しているというこの状況に別の意味で汗が止まらない」

無言で殴られそうだ、シエスタに。夢の中とかで。

「で、なんで夏凪がここにいる？」

ミアとの話し合いは終わったのだろうか。

「というか、ここまでどうやって来た？　タクシーか？　あんまり夜遅くに一人で出歩くのは危ないぞ」

「……へえ、心配してくれるんだ」

薄暗い部屋だが、夏凪が俺を見て微笑《ほほえ》むのが分かる。分かったからニヤニヤするな。

「それで、探してたものはあったの？」

「ああ、シエスタが手紙でヒントを残してくれていた。明日からは、また少し方針を変えて動くことになりそうだ」

とは言え、まだハッキリとした指針は立っていない。夏凪《なつなぎ》にもアドバイスを貰《もら》いたいところだ。……だが、今は。

「で、夏凪の方はどうだった？」

俺はベッドで片肘を立てながら、隣で寝転んでいる彼女に尋ねる。俺がここで手紙を読んでいる間、夏凪は《巫女《みこ》》とシエスタの生き返る可能性について話していたはずだ。

「うん——大丈夫だよ」

すると夏凪は真摯な顔つきで頷《うなず》く。

「その未来は……可能性は確かに存在するって、《巫女》はそう言ってた」

「っ、本当か！　……じゃあ、なんでさっき俺は一人だけ帰らされたんだ？」

もしかしたらそんなルートは存在しないということを俺に伝えるのが忍びなくて、一人だけ退出させられたのでは……と心の隅では危惧していたのだが。

「あー、それは、その。未来を視《み》るには、ちゃんと正装をして準備をしないといけないんだって。だから、君塚《きみづか》に着替えを見られるのが恥ずかしかったんじゃない？」

なんだその乙女な理由は……。まあ考えていた最悪のパターンでないのなら、何でも構わないが。

「だけど、その未来を実現するために具体的に何をすべきかは、まだ時間をかけて考えていく必要があるみたい」

「そうか……。いや、でも可能性があると分かっただけで十分な収穫だ」

それが一朝一夕で叶《かな》う願いだとは最初から思っていない。ミアともまた腰を据えて話し合わなければならないこともあるだろう。それでも。

「シエスタを取り戻す方法はあるのか。そうなのか……」

あの夜明けに俺は叫んだ。

探偵を生き返らせると大声で誓った。

そこにはきっと熱に浮かされた部分もあったはずで、そんな神をも恐れぬ奇跡を起こせる具体的な方法なんて、何一つ頭には浮かんでいなかった。

だけど、本当にシエスタを取り戻す方法があるのか。

俺はいつか、もう一度あいつに会えるのか——

「ねえ、君塚はさ」

ふいに、夏凪が軽い調子で言った。

「シエスタのこと、生き返らせたいと思う？」

「ああ、当然だ」

「じゃあ、シエスタのことやっぱり好きだった？」

「因果関係がよく分からないな……」

一体何が「じゃあ」なんだよ、まったく……。

「別にあいつは恋人でもなければ友だちですらない、ただのビジネスパートナーだ」

「なるほど、君塚《きみづか》の片思い、と」

「おいこら、勝手な概念をでっち上げるな」

「いいじゃん、修学旅行の夜みたいで。恋バナしない？　しちゃわない？」

「その謎テンションやめろ。というか男女でするものなのか、こういう話……って、ああ、分かった。分かったから指で身体中《からだじゅう》をつついてくるな！」

やけにしつこいな、今日は。……というか。

「夏凪《なつなぎ》お前、まさか酔っ払ってるわけじゃないだろうな？」

最初は香水の匂いだと思っていたが、まさか酒のせいか？　確かにイギリスは十八歳以上で飲酒はできるが。

「さ～ね。女の子には秘密がつきものなの」

ああ、そうかよ。でもそのテンション、今はいいが後から黒歴史にならないか？　明日の朝、頭を抱えることにならないか？　ちなみに俺はなった。

「で？　で？　本当のところ君塚はシエスタのことどう思ってたの？　ほらほら、あたししか聞いてないからさ」

しかし夏凪のウザ絡みは続く。

こうなっては簡単に解放してくれなそうだ。……やれ、仕方ない。

「ただのビジネスパートナーっていうのは訂正する」

俺は夏凪から顔を背けるように天井を見ながら言う。

「その心は？」

「……少しだけ特別なビジネスパートナー」

「ひゅー！」

「お前やっぱりバカにしてるだろ！」

俺は体勢を翻し、夏凪の額に強烈な一撃をお見舞いしてやる。

「痛《い》った〰〰〰！　君塚のデコピンまじで痛いからっ！」

夏凪が涙声を滲《にじ》ませながら怒りを表明してくる。

どうだ、これで少しは酔いも覚めたか？

「痛いのが好きなんじゃなかったのかよ」

「愛がない痛みは嫌なの！」

「ちゃんと立派なマゾヒストの見解だった……」

頼むから将来、ろくでもないヒモ男とか暴力男に引っかからないでほしい。

「……はあ。まあ、でもその言葉が引き出せたならいっか」

と、夏凪《なつなぎ》はやはり冷静になったのか。何やら独り言を呟《つぶや》いて、むくりとその場に起き上がる。

「夏凪？」

そして彼女はベッドの上に座り、隣の俺を見つめると、

「任せて」

月明かりに照らされながら、力強く宣言する。

「あたしは必ず、どんな手を使ってでも、シエスタを取り戻してみせる」

探偵代行の名にかけて。

夏凪はそう言って俺に笑いかけた。

その言葉は、この身のすべての運命を任せてもいいと思うほどに頼もしく。

その笑顔は、このまま世界の終焉《しゅうえん》まで見続けていたいと思うほどに美しかった。

【ある少女の回想】

あの火災事件から、もう何ヶ月《なんかげつ》が経《た》っただろうか。

「——ここ、どこだっけ」

なにもない真っ白な部屋で私は独りごちる。

両親が亡くなって、私が教祖だった宗教団体も解散になって。それから身寄りのなくなった私は、孤児の保護を謳《うた》うなにがしかの組織によってこの施設へと連れて来られた。声がやたらと響くということは、ここもまた地下室なのだろうか。

「殺されるのかな」

なんとなくそう思った。たとえば彼らは孤児を保護するなどと体の良《い》いことを言いながらも実は、特殊な能力を持つ私を見張る監視者であり、一通り観察を終えたら処分するつもり、だとか。あるいはここも別の宗教団体の施設だったり、なにかしらの犯罪組織に拉致監禁されている可能性もある。

——でも、今となってはそれもどうでもいい。私のこの力は、身近な人の命を救うことすらできない。むしろ私のせいで、沢山の人たちの人生を壊してきた。だったらその報いを受けるのは当然のことだ。

もしも私に、たとえば確かな使命感があったなら。あるいは強さが……勇気があったなら、あの結果は変わったのだろうか。であればきっと神様は、この能力を真に与えるべき人間を間違えたのだ。

「――侵入者だ！　そっちに行ったぞ！」

ふと遠くから、そんな焦った声が聞こえてきた。私をここへ連れてきた大人たちの誰かが叫んでいるのだろうか。

「――悪いけど、あなた達にあの子は任せておけない」

するともう一人、女の子の声が、足音と共にこの部屋に近づいてくる。そして聞こえる銃声。どうやら彼女はこの施設への侵入者らしい。であればこの少女こそが、私の命を奪いに来た死神だったりするのだろうか。……むしろそうあってほしいと、そう思う。だって。

「もう私にできることなんて、なにもない」

私の能力は、人の未来を……その可能性を奪うだけ。壊すだけ。

だったら――

「だったら今度はその能力を、世界を守るために使ってみない？」

その時、私が考えていた結論とは真逆の提案が、透き通るような声と一緒に耳朶《じだ》に響いた。そうして白い部屋の壁を、たった一発の銃弾で破壊して入ってきた彼女は、私に向かって手を差し伸べながらこう言った。

「ミア・ウィットロック――私と一緒に、世界の敵と戦ってほしい」

それが私とセンパイとの出会いだった。

*

「こんなに忙しいなんて聞いてない……」

私はようやくその日のお役目を終えて、部屋のソファでうなだれる。

今となってはもう遠い昔に感じられるあの日――私は《名探偵》によって、半ば軟禁状態にあった謎の施設から連れ出され、今はイギリス一高い時計塔の部屋で暮らしていた。

「あと何冊書けばいいの……」

ほとんど無意識のうちに何時間も動かし続けていた右手は、腱鞘炎《けんしょうえん》のようなジンジンした痛みと熱を発していた。

ここでの私の仕事は、未来予知の能力を使って世界の危機を視《み》て、それを《聖典》という書物にまとめること。歴代の《巫女《みこ》》と呼ばれる要職者たちがこの仕事を古来引き継いできたらしく、私も慣れないながらも今その役目をこうして果たしている。

『随分とお疲れみたいだね』

そんな、ねぎらいとも煽《あお》りとも判断がつき辛《づら》い台詞《せりふ》が、近くに放ってあった携帯端末から聞こえてくる。私にこの仕事を斡旋《あっせん》した誰かさんからの定時連絡だ。

「ええ、それはそれは疲れてるわ。センパイのおかげで」

『おや、先輩に対して随分と皮肉が効いた物言いをするんだね』

電話口の相手は、私をそうからかうように言う。《調律者》としての歴は私よりも半年長いだけなのだけれど、「私が先輩だから」と得意げに胸を張るその姿に負けて、私は彼女をセンパイと呼ぶ。

『改めて、どう？　新しい生活は慣れた？』

「……半年近く暮らしてみて、ようやくってところね」

私は端末を片手に、ベランダに出ながらそう答える。

『やっぱり不満？』

「そう聞こえた？」

まあ事実、思った以上にこの仕事は大変で、時には投げ出したくなるほど疲れるけど。

『でも私は、君がこの仕事を引き受けてくれてとても助かっている』

するとセンパイは意外にもそんなことを率直に伝えてくる。

『君が特例として私に教えてくれた、《SPES《スペース》》にまつわる世界の危機。私はその《聖典》に書かれた断片的事実を推理によって繋《つな》ぎ合わせ、被害を最小限に抑え込むことができる。だから』

君は間違いなくこの世界を守る役目を果たしている、と、センパイは私を気遣うように優しい声音で語りかける。《聖典》によれば彼女自身、誰よりも過酷な運命を背負っているにもかかわらず。

「……そう」

そして私はセンパイのストレートな言葉に身体《からだ》がむず痒《がゆ》くなり……それでも。

「うん。私も、昔の十万倍、今の暮らしの方がいい」

きっと、遥《はる》か何千マイル離れた相手に意地を張る必要もない。

「この仕事なら、私の能力がちゃんと活《い》かしてもらえる。人のために使ってもらえる。いつかは、世界だって救えるかもしれない。だから」

そうして私は大きく深呼吸をして、地上百メートルの眺望を……地下室に閉じ込められていた頃には決して見られなかった、夕陽《ゆうひ》が溶ける街並みを目に焼き付けてから言う。

「ありがとう、私にこの景色をくれて」

少し気恥ずかしかったけれど、やっぱり顔が見えない今なら言えると思って、私は画面に向かってそう告げたのだった。

『その笑顔は反則級だから気軽に男の子とかに向けちゃダメだよ？』

「……こ、このカメラ、どうやって切るの」

＊

そんな忙しくも充実した、平和な日々がずっと続くと思っていた。

けれど、そうして《巫女《みこ》》としての生活をさらに二年半ほど続けたある日。

「だから何度も言うように私は反対よ」

私は例の通話相手に対して、少しだけ怒気を込めながらそう伝える。

「《聖典》をわざと敵に盗ませる、ここまではいい。でも、いくらシードを欺くチャンスだからと言って、あなたはその犠牲になるつもりなの？　――シエスタ」

それはある日センパイが提案してきた、シードという《世界の敵》を押さえ込むために考えついた罠《わな》。その計画に協力してほしいと、最近センパイはしつこく私に頼み込んでいたのだった。彼と出会い、未来は良い方向へと舵《かじ》を切り始めたはずだったのに。

『別に自己犠牲を前提にしてるわけじゃないよ、あくまでもただの保険で、最終手段』

するとセンパイは、ふっと微笑《ほほえ》みながら私の詰問を否定する。

「……本当に死ぬつもりじゃないと？」

『私は探偵。ミアの視《み》た未来に備えて、あらゆる可能性を想定し動いてるだけだよ』

彼女はそう柔らかく、私を諭すように言う。

「でもこの作戦のこと、彼に言ったの？」

『彼って、誰のこと？』

……本気で言っているのだろうか、この名探偵は。

「いや、いつも喋《しゃべ》ってるじゃない。一緒に旅してるっていう男の子のこと」

『ああ、助手か。でも彼のことなんて、そんなにいつもミアに喋ってたかな』

「ええ、それはもう通話の度に。今日は助手となにを喋った、どこに行った、なにを一緒に食べた、どんな遊びをしたって、こっちが聞いてないことまでペラペラとね」

毎度私は一体なんの報告を受けているのだろうと思ってたのだけれど、まさか本人に自覚がなかったとは……。

『……そうだったかな』

途端に声が小さくなるセンパイを、少し可愛《かわい》いと思ってしまうのは負けだろうか。

『まあでも、助手は関係ないよ』

小さく咳払《せきばら》いを挟んだあと、しかしセンパイは彼に例の作戦を告げないことを決める。

「関係ないなら、どうして彼に言わないの？」

『………』

彼女はそれに答えない。だけど本人が語らずとも、その意図は十分伝わる。もし彼に正直に言えば、止められると分かっているのだ。自分の決断が他人には受け入れられないと、センパイ自身が誰よりも理解している。

『でも私は《名探偵》だから』

彼女はその一点においては譲らない。譲れない。《調律者》として《世界の敵》と戦うDNAがその身に刻まれている限り、たとえどれだけ私が説得しようともその考えを曲げることはきっとない。そして私自身――本当はそんなこと、最初に彼女からこの相談を受けたときから分かっていた。

「じゃあ、約束して」

そうして私はセンパイに告げる。

「最後まであがくことを。諦めないことを」

声は震えていたかもしれない。当たり前だけど、センパイには死んでほしくない。でも……どうしても私には、彼女の《調律者》としての覚悟を無下にすることはできなかった。だから、せめて。たとえ計画を実行したとしても、最後まで生きることを諦めないでほしいと、そんな勝手な願いを託した。

『――うん、約束する』

するとセンパイは軽やかに、けれど力強く頷《うなず》く。

『知らなかった？　私は意外と、完全無欠なハッピーエンドってやつが好きなんだよ』

覚えておいて、と。

そう言って彼女は楽しそうに微笑《ほほえ》んだのだった。

＊

「嘘《うそ》つき」

あれから、また半年。

私はソファで突っ伏しながら、今は亡き恩人の少女に恨み言を吐く。

「ハッピーエンドが好きなんじゃなかったの？」

定時連絡はもう来ない。そう分かっていても、気付けば私はスマートフォンを手にしていた。

「ミア様、お時間です」

するとノックの音と共に、私の従者――オリビアがそう声を掛ける。

「……分かってるわ。今、時間を確認してたところよ」

そう、たとえ親しい誰かを亡くそうが、明日地球が終わろうが、私はこのお役目を果たさなければならない。私にこの仕事をくれた彼女も、きっとそれを望んでいるはずだ。オリビアの手を借りて装束に着替えながら、私はそう心の中で自答する。

私はただ、あるがままの未来を視《み》て、それを粛々と《聖典》に書き記す。それだけが私に許された日常で、果たすべき義務なのだ。

「行ってくるわ」

私は着替えを終え、お役目を果たすべく塔の欄干へ向かう。

夕陽《ゆうひ》を浴びながら、まずは目を瞑《つぶ》って雑念を消す。

そう、雑念――それはあり得ないはずの未来の可能性。

確かに私は失敗した。大切な恩人を救えなかった。私では未来を変えられなかった。でも、そんな禁忌を犯すことを許される人物が、もしこの世界に一人だけいるとすれば――それは。


「《特異点》」

世界をも巻き込む彼ならば、あるいは未来のその先を変えることができるだろうか。

【第四章】

◆それは忘れ物を取り返す旅路

一定の成果を得て、ロンドンを発《た》った俺と夏凪《なつなぎ》は今、《SPES《スペース》》討伐のヒントを求めて次なる目的地へ向かっていた。

「う、気持ち悪い……」

その旅の途上、夏凪が口を手で押さえながらそう漏らす。

だがそれは決して俺への悪口ではなく（多分）、船酔いによるものだ。

揺れる波の上。小型船の船縁《ふなべり》に必死に掴《つか》まっている夏凪は、すでにグロッキー状態だった。俺はそんな彼女の背中をさすってやる。

「大丈夫か？　吐くか？　見なかったことにするから気にしなくていいぞ？」

「ここで吐いちゃったらヒロインとしての好感度が終わると思うから耐える……」

「めちゃくちゃ面白いな」

夏凪とは前にも船に乗ったことはあったが、あの時は大型客船だったから大丈夫だったのだろう。

「島も見えてきた、もう少しの辛抱だ」

そう、俺と夏凪《なつなぎ》が今向かっているのは、《SPES》《スペース》が昔アジトとして利用、潜伏していたあの島だった。そこを目指す理由はただ一つ、シードという敵の正体をより深く調査するためだ。一年前は思ってもみなかったシードとの遭遇によって満足に調査もできなかったが、今ならば奴《やつ》らについて有益な情報が得られるかもしれない。

俺たちはそう考え、イギリスからこの島へと向かうことに決め、今こうして海上を進んでいた。そして俺たちを、この辺鄙《へんぴ》な場所まで連れて来てくれた存在がいた。

「あと十五分ほどで到着予定ですので、探偵様も助手様もご準備を」

そう言って操舵室《そうだしつ》から出てきたのは、巫女《みこ》の使い——オリビア。ロンドンからの航空機の手配だけではなく、ここまでの船を彼女が出してくれたのだった。

「まさか船まで乗りこなせるとはな」

「ええ、本気を出せば戦闘機の操縦も可能です」

それは最早《もはや》、客室乗務員をやめてパイロットに転職した方がいい気がする。

「それにしても悪いわね、ここまで手伝ってもらっちゃって」

すると夏凪が、相変わらず青白い顔をしながらもオリビアに礼を伝える。

「いえ、ワガママを聞くのは主人のお世話で慣れております」

オリビアは静かに微笑《ほほえ》むと、操舵室に戻ろうとする。

が、その途中で立ち止まると、背中を向けたまま俺たちにこう言った。

「それにあなた方なら、ミア様の望む未来を作ってくださると信じておりますから」

それから俺たちはオリビアに一旦の別れを告げて、島へと上陸した。

俺としては一年ぶりの光景――人が住んでいる気配もしない、荒れた離れ小島。

だがその奥に立っているはずの研究施設を目指して俺たちは歩いて行く。

「歩き、しんどいな……」

一年前はシャルが軽やかに乗りこなすバイクの後ろに跨がっていたことを思い出す。

「夏凪、どうだ？　そろそろ車の免許とか取らないか？」

「いや、あたしを頼るのおかしいから、どっちかというと君塚《きみづか》の役割だから」

すると船酔いから回復した夏凪が、呆《あき》れたように俺を見つめる。

「うーん、車に興味を持たない男……将来性が見えない……」

「なぜ夏凪が俺との将来を考える？」

とりあえず俺としては将来、できる女の車の助手席に乗っていたい。

そう、助手だけに。

「ていうか、今さらなんだけどさ」

と、夏凪が隣を歩きながら話を変えてくる。

「この島に《SPES《スペース》》にまつわる新しい情報なんて残されてるのかな。いや、ほら、シャルとかがもう調べてそうだなって思って」

ああ、確かに……というかシャル本人に訊《き》くまでもなく、彼女であればここに足を運んだことはあるだろう。事実、俺が一年間腐っている間にも、シャルはシエスタの遺産を探したりと、《SPES》討伐の準備を進めていた。

「けどシャルに頭脳労働は向いてないからな」

「今本人がこの場にいたら確実に処されてたわよ」

……まあ、俺とシャルはそういう役割でやってきたからな。

「それに、俺たちじゃないと気づけないこともあるかもしれないと思ってな」

そう、この島は、俺が一年前にシエスタを失った因縁の場所であると同時に、夏凪《なつなぎ》がかつて幼少期を過ごした《SPES》の実験施設がある土地だ。そう考えると、それぞれ当時の記憶を失っていた俺たちであれば、なにか新しい事実に気づける可能性はあるだろう。

「なる、ほど」

すると夏凪は顎に指先を添え、なにか考えるような素振りを見せる。そして、

「だったら、研究施設に行く前に寄りたい所があるんだけど」

彼女にとっても久しぶりのとある場所を口にしたのだった。

◆始まりの三人

「前に話してたのはここか」

「うん、六年前と変わってない……あー、でも天井はちょっと低く感じるかも？」

夏凪が部屋を見渡し、色々と中を探索しながら言う。

俺たちが今いるのは、六年前の夏凪にとって馴染《なじ》みの深い、段ボールで作られた小さな秘密基地だった。

「ここであたしたち三人は、《人造人間》を倒す作戦を練ってたんだ」

夏凪が、窓際に置かれたぬいぐるみを手に取りながら言う。

彼女の言う三人とは、夏凪、シエスタ、そしてアリシアのことだ。それはつい最近、鏡の中のヘルとの対話で、夏凪自身が語っていた。そう、《SPES》への反逆はこの場所から……この三人が始めたのだ。

「特に最初からこの施設を疑ってたあーちゃんは、色んな事を一人で調べてた」

そう言って夏凪が棚に置かれていた分厚いファイルを取り出す。そこに挟まれてた用紙には、恐らくはこの施設で育っただろう子ども達の個人情報が記載されていた。ぱらぱらと夏凪が捲《めく》る中で、ブロンドが美しい少女の写真がちらりと見えた。彼女のような幼い子も、シードの器になるための実験を受けていたのだろうか。

「でも六年前、あーちゃんは……アリシアは死んだ。そして一年前にはシエスタが。少なくとも今はもう、あたししか残ってない」

夏凪《なつなぎ》は小さく唇を噛《か》みしめる。

忘れていた過去、果たせなかった使命。

夏凪渚《なぎさ》の小さな肩にかかっている重圧は、同じ覚悟を決めているはずの俺にとっても、そう簡単には推し量れないものだった。

「ごめん、時間取らせて」

夏凪は手に持っていたファイルを棚に戻すと、パチンと自分の両頬を叩《たた》いて気を入れ直す。覚悟を新たにするためにも、アリシアたちの思い出が詰まったこの場所に来たかったのだろう。

「いや、問題ない」

俺はそう返しながら、段ボールでできたクローゼットを開く。

一応ここにも何かのヒントが残ってないかと思ったのだが……中には、アリシアがかつて作ったと思われる小銃などが幾つか残っていただけだった。

「そういえばシエスタのマスケット銃も、元のモデルはアリシアが作ったんだったよな」

「うん、あーちゃんは本当に魔法みたいに何でも作る子だったから」

夏凪は昔を思い出して微笑を浮かべる。

話を聞いているだけでも、実際に一度は会ってみたかったと、そう思わされるほど気高く勇敢な少女だった。

「あ、爆弾あるよ。一応持って行こうか」

「……お前の友だち、ちゃんと危険物取扱者の資格取ってたか？」

◆指切りげんまん、嘘《うそ》ついたら

それから俺たちは間もなく、《SPES《スペース》》の実験施設へと辿《たど》り着いた。奴《やつ》らの拠点だったこの場所であれば、シードにまつわる情報が残されている可能性はあると思うが……。

「とりあえず歩いてみるか」

病院のような建物の中を、夏凪と二人で探索する。日光があまり差し込まない屋内は薄暗く、人の気配もまるでない。このまま当てもなく彷徨《さまよ》っていても仕方ないかと、あの場所を目指そうと思っていたその時。

「夏凪？」

ふと、俺の袖を指先で摘《つ》まんでいることに気づいた。

「……ごめん」

その表情は暗く、身体《からだ》もわずかに震えているように見えた。

……そうだ。この実験施設が彼女にとってどんな存在で、どんな思いを味わわされていたのか。それを考えれば、夏凪《なつなぎ》がこうなるのも無理はなかった。

「大丈夫だ」

俺は立ち止まって夏凪に言う。

「ここにはもう、お前を傷つける敵はいない」

一年前、すでにこの場所にはほとんど《SPES《スペース》》の連中はいなかった。そして夏凪も自分で言っていた通り、シャルだってここに調査に訪れているはずだ。今はもう、そこまで警戒しなければならないほど危険な場所ではない。

「……うん、分かってる。頭では、分かってるんだ」

しかし夏凪は足を動かせない。

彼女もここが今は安全であることを理解はできている。だが、昔受けたその苦痛や恐怖は夏凪の身体《からだ》に刻まれていた。だからこそ夏凪は知らず知らずのうちにもう一つの人格であるヘルを生み出し、彼女がその痛みや記憶を代わりに請け負っていたのだ。

——だったら。

「ほれ」

俺は夏凪に背中を向け、さらに両手を後ろ向きに差し出す。

「えっ、と……おんぶ?」

夏凪が戸惑ったような声を出す。

やれ、改めて明言されると恥ずかしいからやめてくれ。

「まあ、なんだ。現状バイクの後ろに乗せてやることはできんが、俺が乗り物になることはできるからな」

そう言って俺は夏凪に、背中に乗るように促した。

「……ぷっ」

「おいこら、なぜ吹き出す」

格好つけようとして後半、実は全然格好よくないことを言ってしまったことに気づかれたか。気づくな。気づいたとしても人の失敗を笑うな。

「ふふ、ううん。君塚《きみづか》らしさ百点の台詞《せりふ》が出たなって思って。褒めてないけど」

「褒めてないのかよ、なんでだよ」

いいから早く背中に乗れ、こうしてるだけでも恥ずかしいんだ。

「重いとか言ったら倍殺しだから」

「そこのところのデリカシーは弁《わきま》えてる」

「じゃあ、いっか。……ありがと」

そうして夏凪は小声で呟《つぶや》きながら、俺の背中に飛び乗った。

「へえ。意外と鍛えてるんだね、キミも」

耳のすぐ後ろから、そんな声が囁《ささや》かれた。

「――ヘルか」

いつもの夏凪《なつなぎ》よりも少し低く聞こえる声音。そしてその口調から考えると、どうやら俺の背中には今、夏凪の中にいるもう一人の人物が乗っかっているらしい。

「どうしてお前がここにいる？　勝手に出てこられるのか？」

「今回は特例だよ。キミも分かっている通り、ご主人様にとってこの場所は少しきつい」

……夏凪の恐怖する感情を汲《く》み取《と》り、ヘルが出てきたということか。昔から、痛みや苦しみを夏凪に代わって背負ってきたように。

「せっかく俺がいい感じに落ち着かせたと思ったんだが？」

「いや、普通に考えておんぶはない。ダサい。ご主人様が優しいから気を遣ってキミの提案に乗ってあげただけだよ」

たった今、衝撃の事実が明かされた。嘘《うそ》だろ、ひょっとして俺はいつも夏凪に気を遣われてたのか？　楽しいコミュニケーションを取ってる気になってたのは俺だけだったのか？　もしかすると女子の精神年齢は見た目以上に高いのかもしれない……シャーロット・有坂《ありさか》・アンダーソンを除いて……。

「いや待て、だったらなぜヘルは未《いま》だ俺の背中に乗っている」

おんぶはダサいんじゃなかったのか。

「なに、わざわざ降りるのが面倒くさいだけだよ。……まあでも」

と、ヘルは苦笑しながら言う。

「一度ぐらい、キミのパートナーみたいなことをしてみてもいいかと思ってね」

そういえば昔、ヘルが俺をパートナーに据えようとしていたこともあったな、と思い出す。まさかあの《聖典》の記述も、こんな形を想定して書かれてはいなかっただろうが。

「そういえば、昨日も夏凪を助けてくれたんだよな」

メデューサの一件が解決したのは、ヘルの活躍があってこそだったと聞く。俺は背中越しに、パートナーを救ってくれた礼を言った。

「まったく、二人も名探偵がいてボク頼みとはね」

ヘルが耳元で、やれやれと言わんばかりに薄く笑ってみせる。

「ボクにはあの二人のような絶対的な正義感も、他に流されない激情もなかったけれど、どうやら悪魔には悪魔らしい活躍の場面があったみたいだ」

その自嘲は決して本心から自分を卑下しているわけではない。なぜなら、かつて自分を怪物だとさげすんだヘルは、夏凪とのあの鏡越しの対話で救われていた。愛という感情に拘《こだわ》り続けるヘルは、決して怪物や悪魔ではないのだと。些末《さまつ》な感情に振り回されることこそ、人間である証明なのだと。

「まあ、そう何度も使える手ではないと思うけどね。そもそもボクなんかがいなくとも、ご主人様はもう十分に強い」

ヘルはそう言って昨日の出来事を総括する。

「ヘルが夏凪《なつなぎ》の身体《からだ》に表出できるってことは、シエスタはどうなんだ？　出てこようと思えばいつでも出てこられるのか？」

俺はヘルをおぶって歩きながら尋ねる。

「そもそもボクとあのメイタンテイでは出自が違うからね、正確な判断は難しいけれど」

そう前置きをしながらヘルは語る。

「それでもやはり、あのメイタンテイが再びこの身体に表出するとは考えにくい。彼女は恐らく、ボクの縛りをある程度解いてもいいと判断したゆえに、逆に安心して深い眠りについた。それに……」

と、ヘルが小さく息を吸うのが俺の耳元にも伝わる。

「ヘル？」

「……いや、なんでもない。やっぱりキミは、どうあってもあのメイタンテイのことしか頭にないんだなと思ってね」

するとヘルはそう嘲るように俺に囁《ささや》く。まったく、極めて理不尽だ。

「なんだ嫉妬か？」

「地獄に落とす」

「どの探偵より辛辣なのはなぜなんだ……」

バカだの倍殺しだのが可愛《かわい》く見えるレベルの罵倒だった。

「ボクはただ、ご主人様のそばに寄り添ってくれる人間として、キミをパートナーに据えようとしていただけだ。実はボク自身、キミには微塵《みじん》も興味がない」

「嘘《うそ》だろ、俺を賭けてシエスタと戦ってたんじゃないのか」

「なんでキミが姫ポジションなんだよ」

ヘルは呆《あき》れたように息を吐く。色んな感情を出すようになってきたな。

「むしろ今、ボクはキミに対して猛烈に腹を立てている」

するとヘルは、今度はそう冷たく言い放つ。

「キミがかのメイタンテイを愛するのは勝手だけど」

「愛してなどいない」

「――だけど」

ヘルは俺の言葉を遮るようにして、重ねて強く言う。

「ボクのご主人様を泣かせる真似《まね》をしたら許さない」

それはヘルの、夏凪《なつなぎ》に対する揺るぎない想《おも》い。たとえ自らの手を汚そうとも、主人である夏凪の命だけは守ろうとした――彼女にとっての絶対不変の誓いだった。

「ああ、分かった」

俺は迷うことなく頷《うなず》く。

それは無論、夏凪渚《なぎさ》のために。

あるいは、無数に広がる可能性――そのいずれかの未来《ルート》では本当にパートナーになっていたかもしれない、ヘルのために。

「じゃあ、約束だよ」

そう言うとヘルは、俺の耳元にぐっと口元を寄せながら、

「嘘《うそ》ついたら――倍殺し」

脳が痺《しび》れるような声で、二人分の約束を俺に取り付けたのだった。


「……あ、れ？　あたし……」


そして次の瞬間、聞き慣れた声が戻ってくる。

「大丈夫か、夏凪。もうすぐ目的地だ」

俺は背中越しに、夏凪《なつなぎ》に声を掛ける。

「え……あ、うん。……そっか」

するとこの一瞬、記憶が欠けていた理由に思い至ったのだろう。だが夏凪が漏らした吐息には、どこか安心したような感情が混じっているようだった。

「あ、ごめん。ずっとおぶってもらったままで」

「気にするな、思ったより胸は当たってるが」

「デリカシーは弁《わきま》えてたはずでは!?」

降ろせ降ろせの大合唱を唱える夏凪をおぶったまま進み——やがて俺は、地下へと向かうエレベーターに乗り込んだ。

「これ、動いてるの?」

「分からん、一年前は動いていたが……」

そう、一年前、俺とシャルはこのエレベーターに乗って地下へ降り立ち、そこで《SPES《スペース》》の親玉であるシードと出遭ったのだった。

「ん?」

しかし、異変はエレベーターのドアが閉まった瞬間に始まった。まるで迷路の模様のようにオレンジ色の光が一瞬、機械の箱の中を駆け巡ると——やがて壁側に、行き先の階数が書かれたボタンが立体映像のように浮かび上がってきた。

「……選択肢は二つか」

表示された階数はB1とB2の二つ。どうして今回、このようなシステムが作動したのかは分からないが……しかし前回から新しく追加された行き先がB2の方だと思われる。

俺はまずは無難な選択肢を取ろうと、地下一階へと向かうボタンを押す——と、エレベーターが「がこん」と鈍い音を立てながら下へ降り始める。

「ねえ、電力が働いてるってことは、誰かいる可能性もない？」

すると背中に乗った夏凪が不安げに耳元で呟《つぶや》く。

ああ、確かにそういった事態に備えておくべきかもしれない。が、今は最低限の武器しか持ち合わせていない。夏凪も例のマスケット銃は船に置いてきていた。ここに来て緊張感が高まる。

「夏凪、立って歩けるか？」

「そうね、万一に備えて逃げる準備もしないと」

「ああ、あとやっぱり少し重くなってきた」

「あたし、もしかしたら君塚《きみづか》のこと嫌いかもしれない」

そんなやりとりをしているうちにエレベーターは地下一階へと辿《たど》り着く。

ここが実験施設の本丸——六年前の夏凪も、一年前の俺もここでシードに出遭っていた。

そうして今はもう《SPES》はいないはずのこの場所で、俺たちを待ち受けていたものは。

「……！　どうしてお前がここにいる？」

部屋中に幾つも置かれた培養槽のようなタンクの、その内一つに——見覚えのある白髪の探偵が眠っていた。

◆いつも、そばに、彼女はいる

「シエスタ！」

俺は思わずその場へ駆け寄る。

部屋に設置されているほとんどの円柱状の培養槽は外から中身が見えない。だがその内一つに白い煙が充満しているタンクがあり、その中に慣れ親しんだ顔が覗《のぞ》いていた。白銀色の髪の毛、目を瞑《つぶ》っていることでよく分かる睫毛《まつげ》の長さ。そして他の誰に見まがうこともない美しさ。間違いない、彼女の名前は——

「見ちゃダメ！」

「痛い痛い痛い痛い！　指が目に！　めり込んでいる！」

夏凪《なつなぎ》が背後からギュッと、眼球を押しつぶすがごとく目隠しをしてくる。

「何しやがる！」

「シエスタ何も着てないから！　見るの禁止！」

……なるほど。白い煙のせいで一目では分からなかったが裸だったのか……。

「けど、どうしてこんな場所に？」

俺はそのタンクから少し距離を取って考える。

シエスタは一年前死に、だがその身体《からだ》は冷凍保存されて残っていた。そんな彼女に人工知能を搭載して生まれ変わったのがメイド姿の《シエスタ》だった。だがその《シエスタ》も先日の戦闘で人工心臓を損傷し、病院へと輸送されたのだ。

「今は修理《ちりよう》中のはずじゃ……」

そう疑問に思っていた、その時。


『ですからここがその病院ですよ、君彦《きみひこ》』


そんな第三者の声が聞こえてくる。

思わず夏凪を見つめるも彼女も目を丸くして、辺りを窺《うかが》っている。

じゃあまさか、と。再びタンクに寝ているその少女に目を向けようと――

『どこを見ているんですか、ここですよ。ここ』

その声は俺のジャケットの、胸ポケットから聞こえてくる。そこに入っているのは俺のスマートフォン。恐る恐る取り出してみると、

『バカなのですか、君彦《きみひこ》は』

開口一番で俺をなじる、メイド服を着た少女の姿が映し出されていた。

「……なにをやっている、《シエスタ》」

そして白銀色の髪のその少女は、画面の中で優雅に紅茶を飲んでいる。まるでその機械端末の中で暮らしているかのような振る舞いだった。

『そんなに驚くことですか？　あくまで私という存在は人工知能ですので、こうしてデジタルデバイスに移植可能なんですよ』

「いつの間に俺の携帯はハッキングされていた……？」

『そんなことしていませんよ。Bluetooth でデータを飛ばしているだけです』

「手軽な引っ越し作業すぎる！」

本体があるこの部屋に入ったことで、接続が可能になったということか……。

「へえ、じゃあこの施設にあるパソコン宛てにメールとかしたら《シエスタ》も見られたりするの？」

「ええ、可能です。是非あとで君彦の嫌いなところ第五十三位は？みたいな話題で盛り上がりましょう」

「嫌なテーマで大喜利大会を開催しようとするな、五十個も嫌なところを思いつくな！」

……やれ、まさかこんな場所に来てまでツッコミ役を背負わされるとは。

「ちなみにさっきから飲んでるその紅茶はどこから持ってきた？」

『課金機能です。君彦の携帯使用料と一緒に月末に引き落とされるので心配いりません』

「どんな仕組みだよ……。……はあ。まあ、元気そうでなによりだ」

「ええ、おかげさまで」

俺の手元で《シエスタ》は微笑を浮かべる。シエスタの肉体そのものはまだ治療中のようだが、少なくとも人工知能としての《シエスタ》は無事のようだった。

「けど《シエスタ》、ここが病院って言った？」

すると夏凪《なつなぎ》も俺の肩に手を置きながら、ひょこっとスマートフォンを覗《のぞ》き込んでくる。

『そうです。私たちを治療してくれている主治医は、今はここを住処《すみか》にしているので』

この《SPES《スペース》》の元アジトを住処に？　それはまた随分穏やかな話ではないが。

『この施設、あるいは病院は、私のようなイレギュラーな存在を治療するのに適しているんですよ。なにせ《人造人間》の開発が行われていたぐらいですから』

……そうか、彼女を修理《ちりよう》するにはうってつけの場所ということか。だが、どうやら今はその主治医とやらは留守にしているようだった。

『ところで、あの鍵は役に立ちましたか？』

と、ふいに《シエスタ》は例のマスターキーについて尋ねてくる。それを受け取ったことからこの数日の旅は始まったのだった。

「ああ、おかげでヒントは得た。まだ課題はあるがな」

俺は言いながら鍵を振ってみせる。

『それは良かったです。ではその鍵は、そこのトレイに返却を』

「めちゃくちゃドライ……。まあ、もう使う場面もないだろうが」

シエスタに勝手に家へ侵入されるわけでもない今、別に返してもいいだろう。

『それで、今さらですが二人は何をしにここへ?』

画面の中で《シエスタ》が首をかしげる。そういえばその説明がまだだったか。

「シードを倒すための情報を求めて、君塚《きみづか》と二人で世界旅行中……みたいな」

夏凪《なつなぎ》が「やれやれ」とオーバー気味に両手を挙げながら答える。ここまでの道中、それなりに楽しそうに見えたのは気のせいか?

『へえ。君彦《きみひこ》と二人きりで、ですか』

すると《シエスタ》がわずかに口角を上げ、画面越しに夏凪を見つめる。

「……というわけでこの部屋には他に何もなさそうだから、次を探さないと」

それに対し、ぷいと顔を背けながら夏凪は部屋を見渡す。

やはり白髪メイドのからかいは無視に限る。どこの誰の教えを受け継いだのか、際限なく絡んでくるからな。

「ああ、もう一つ下の階に潜ろう。《シエスタ》にもついてきてほしい」

地下へ向かうエレベーターに乗り込んだ時の、以前にはなかったあの変化。もしかすると俺たちの知りたい答えは、その先に眠っているのかもしれない。そんな直感を抱きつつ、俺は静かに拳を握った。

『ええ、それは構わないのですがそれよりも、以前にも増して君彦と渚《なぎさ》の物理的距離が近いのは、やはりこの二人旅で何かがあったからなのでしょうか』

「今はそんなオチつけなくていいから！　ほら、君塚の方に注目して！　なんかエレベーターを見つめながら決意の表情を浮かべてるから！　決め顔作ってるから！」

「夏凪、お前こそ俺の決め顔をオチに使うな」

◆そうして世界の敵は生まれた

「ここが奴《やつ》らの中枢ってことか……」

俺は数メートル先にある巨大な機械システムを眺めながら思わず息を吐く。

複数の大きなモニターが壁際に並び、その手前にはパソコンのキーボード、もしくはジェット機のコックピットのような操作盤が置かれている。あれから再びエレベーターに乗り込み、辿《たど》り着いた地下二階のこの場所もまた、この施設の要のようだった。

『まさかこんなものがあるとは。《SPES》《スペース》のデータベースといったところでしょうか』

するとと相変わらず俺のスマートフォンの中にいる《シエスタ》も、興味深そうにこの謎の機械を見つめる。まだあくまで可能性でしかないが、ここに俺たちの知るべきシードにまつわる情報が詰まっているかもしれない。

「でも、これってどうやって作動させるの？　電源がどこかすら分からないけど」

と、夏凪《なつなぎ》が俺の隣で首をかしげる。確かに、まず話はこのシステムを起動させることからだろう。

「――生体認証」

俺が言うと夏凪がわずかに目を見開く。

「さっきのエレベーターで起こったあの仕掛け。もしかしたら、あれもそういう認証システムが働いたんじゃないかと思ってな」

一年前も乗ったあのエレベーターだが、あの時との違いがどこにあるかと考えると……今、俺の体内にはカメレオンの種が宿っている。ゆえにさっきのエレベーターでの一件は、俺のことを《SPES》《スペース》の幹部であったカメレオンであると、システムがそう誤認識したことで起きた仕掛けだったのではないかと、そんな仮説が頭に浮かんでいた。

「だからこれも、生体認証によってアクセスできる可能性は高いはずだ」

そう言って俺は一人、マシーンの前に歩み出た。

今から俺は――システムを欺くのだ。

「…………」

が、しかし目の前の機械に反応はない。なるほど。では試しにと、キーボードをかたかたと打ち鳴らし、最後にたーん！と強めに叩《たた》いてみる。静寂に、乾いた打鍵音のみが響き渡る。

「……なにも起きないな」

それから十秒ほど待ってみたが、機械はうんともすんとも言わない。

『まあ、君彦《きみひこ》が格好つけ始めた時は大抵失敗に終わるので今さら驚きはしませんが』

「っ、なぜ俺にだけ永久に活躍の場が訪れない！」

『今から俺は――システムを欺くのだ』

「物真似《ものまね》をするな人の心を読むな一番恥ずかしい部分をえぐり出すな！」

俺がそう早口で、画面の中の腹立つ白髪メイドを叱責していると。

「君塚《きみづか》、ちょっとずれてもらっていい？」

夏凪が右手をひょいひょいと動かし、俺の代わりに機械の前に立つ。

すると、その瞬間――

「……！　作動、した……？」

巨大なキーボードのような操作盤に、一瞬あのオレンジ色の光が流れ、次いで上部のディスプレイに無数の文字列が流れ始める。どうやら生体認証に成功したように見える……

が、なぜ夏凪《なつなぎ》が？　夏凪も俺と同じく《種》を受け継いでいるだけのはずで……ああ、いや、そうか。彼女は俺とは違う。他の《SPES《スペース》》の幹部とも違う。

「シードが信頼していた、唯一無二の幹部だもん――ヘル《あたし》は」

信頼――シードがヘルを自らの器に据えようと目論《もくろ》んでいた以上、その二文字の言葉がシードとヘルの関係性を適切に表しているとは思えない。だけど、それでも夏凪はその言葉を使った。それはきっと、ヘルがシードに愛を求めていたことを、知っていたから。

「これで起動はできたみたいだけど。《シエスタ》、あとは任せられたりする？」

『ええ、最初の関門さえ突破できればデータベースに侵入できそうです』

夏凪からのバトンを受け取った《シエスタ》は俺のスマートフォンから一旦姿を消すと、次の瞬間には、眼前のディスプレイに住処《すみか》を移していた。

『シードの持つ《種》の一覧、器候補となった子どもの実験データ、その他色々と《SPES》にまつわる情報にアクセスできそうですが……なにか気になるものは？』

そうして複数の画面を行き来しながら、何やらファイルを引っ張り出している。まるで物理的なハッキングのようだ。

「現状、一番の目的はシードの弱点を探ることだ」

俺はこの島に来る前、ロンドンで読んだシエスタの手紙を思い出す。

シエスタは、シードが地球環境に適合できない具体的な理由を探っていた。それは、ひいてはシード討伐の鍵になるはずで、今俺たちが最優先で知るべきことだ。

『シードの個体データにアクセスしてみます』

そう言って《シエスタ》が一度ディスプレイから姿を消すと、やがてその黒い画面上には幾何学的な模様が３Ｄモデルとして浮かび上がる。

「――原初の種か」

あの《種》こそがシードの本体であり、すべての《人造人間《クローン》》の生みの親。

ただこの回転する３Ｄモデルを眺める限り、《原初の種》は、俺が飲んだカメレオンの種などとは構造が少し違って、種本体の周りに外殻のようなものがあることが分かる。この殻は一体、なにから身を守っているのか。

「シードはこの種の形状で、人間の身体《からだ》に潜り込んで器として乗っ取るつもりなんだ」

すると夏凪が画面を見上げ、目を細めながら呟《つぶや》く。

「そして今まで何度もそれに失敗してきて……だからこんな実験施設まで作った。自分の種に耐えられる強固な器を育てるために」

そう語る夏凪は、過去の自分と、犠牲になった友人を思い出して唇を強く噛《か》む。

彼女の言う通り、《原初の種》はそう簡単に人の身体に馴染《なじ》まない。たとえばコウモリが通常の《種》ですら完全に適合できずに副作用として視力を奪われたように、《原初の種》は恐らくその何倍もの代償を……栄養素を器となる肉体に要求する。ゆえにシードはそんな自身に負けない、枯れない人体の器を求め続けているのだ。

『恐らくはその過程で、シードはさらに強力な存在に育っていったはずです』

ふと《シエスタ》の声が、マシーンの中から聞こえてくる。

『シードは種の姿で生物の身体《からだ》に入り込むうちに、その構造を細胞レベルで理解し……やがて、あのように人の姿にも変態できるようになったと考えられます。特別な器官を持ったクローンを生み出せるのも、それがゆえんでしょう』

……そうか、シードはこの惑星に飛来して以来、進化をし続けている。恐らくはそれも、生存本能に従って。

「けど、それでもシードには弱点があるはずなんだ」

でなければ奴《やつ》は、こんな大がかりなことをしてまで人間の器を欲することはしないはず。なんらかの地球環境に適合できない、その原因こそが奴にとってのウィークポイントだ。

『ええ、ですがそのようなデータは今のところ見当たりません』

するといつの間にか《シエスタ》は俺の携帯端末の中に戻ってきており、首を振る。

まあ、そうシンプルに物事は動かないか。だったら。

「《シエスタ》、シードやそのクローンの行動履歴とかを調べられたりしないか?」

直接求める情報がなかったとしても、膨大なデータベースさえあれば間接的に見えてくる事実というものはあるはずだ。《聖典》を使って自身の配下に命令を下していたシードであれば、ある程度そういった厳密なデータが残っていても不思議ではない。

『可能ではあるようですが……君彦《きみひこ》がそれを言うのはちょっと怖いですね。若干ストーカーっぽいと言いますか』

「誰が敵のストーキングなんかするか。同級生女子の自宅のゴミ箱を漁《あさ》るならともかく」

「ともかく、じゃないんだけど。君塚《きみづか》ならちょっとやりかねないのがなお怖い……」

夏凪《なつなぎ》が肩を抱いて、ばっと飛び退《との》く。おかしいな、そこまで怯《おび》えられるとは。

「……あ、でも待って。ストーキングされたりゴミまで漁られるってことは、そうしたくなるぐらい気になってるってこと？　どうしようもないほどの愛が向けられてるってこと？　……だとしたら、アリ？」

「ナシだろ。俺のボケを潰すな」

そんなバカなやり取りをしている間にも《シエスタ》のデータ解析は進んでいたようで、モニターにはシードを含めて《SPES《スペース》》の構成員の行動履歴までが事細かに流れていた。

「――ヘルだ」

と、その中で、夏凪がもう一人の自分の名前を見つける。

「誰よりも、働いてたんだな」

画面を埋め尽くした、数年にわたるヘルの行動履歴を見て思わず俺も呟《つぶや》いた。

彼女は《SPES》の幹部として、シードの右腕として、誰よりも忠実に仕事を全うしていた。いつかシードの器として消費される運命だったことも、きっと知らないままに。

「けど、ヘル以外の幹部って、あんまり派手な行動は取らないんだね」

データを見ながら、なにかに気付いた様子の夏凪《なつなぎ》が不思議そうに口にする。

「ケルベロスやカメレオンか？　まあ、確かにあいつらは慎重派というよりは影に隠れて暗躍するってイメージだったが……。……いや、待て」

その時、ふと電流のように直感が閃《ひらめ》きとなって頭を駆け巡る。

「そういうことなのか？」

俺はモニターを見て、《人造人間《クローン》》達の行動パターンを確認する。

「《シエスタ》、シードとそのクローンの行動履歴を……時刻、場所、その日の天候を含めて、改めてすべて洗ってくれ」

『承知しました。課金分ぐらいは働きましょう』

そうして《シエスタ》は再びデータベースへ侵入し、情報のアクセスを図る。

「君塚《きみづか》、まさか……」

夏凪が赤い瞳を見開く。どうやら彼女も同じ推測に辿《たど》り着いたらしい。

「ああ、シードの弱点になり得るものが見つかったかもしれない」

無論、仮説はあくまでも仮説だ。十分なサンプルと、確かな証拠がなければ、それはただの妄想で終わってしまうだろう。それでも、希望は見えた。データを整理し、推論を積み重ね、それを実証さえできれば、きっと――

『君彦《きみひこ》、すみません。データの抽出は続けますが、もしかするとそう悠長にしている時間はないかもしれません』

すると、そんな《シエスタ》の声がスマートフォンから聞こえてくる。そして次の瞬間、見知らぬ番号から着信が入った。

「……このタイミング的に出るしかなさそうね」

深刻な色を浮かべる夏凪に促され、俺は通話ボタンを押した。

「もしもし?」

そして電話口から聞こえてきたのは、

『君彦?　よく聞いて』

つい最近聞いたばかりの少女の声が、焦りを抑えるようにしながらこう告げた。

『今すぐ日本に帰って――これから二十四時間以内にシードが日本に襲来する』

それは《巫女《みこ》》ミア・ウィットロックによる、世界の危機の予言だった。

【ある男の語り】

「……も、もう疲れました〜」

細い声と共に、へなへなと少女はその場に座り込む。

普段から激しい歌や踊りをやっている分、並の人間より体力はあるのだろうが……それでもここまで弱音を吐くということは、本当に体力の限界を迎えているのだろう。であれば、仕方ない。

「あと一時間で休憩にしよう」

「鬼ですかあなたは！」

メッシュの入った髪の毛を振り乱し、少女——斎川唯《さいかわゆい》は犬のように吠《ほ》えてくる。

「休憩！　休憩！　今すぐ休憩です！　家主権限を発動します！」

そうして彼女は道場の床に寝そべり、精一杯小さな身体《からだ》をばたつかせる。意地でもその場を動かないつもりらしい。

「では五分待とう」

あれから加瀬風靡《かせふうび》のマンションを後にしたオレ達は、日を改めて、斎川邸にある武道場に場所を移していた。そうして始まった《左眼《ひだりめ》》を覚醒させるための特訓は、今はもう三日目に突入している。しかしまだまだ修行の成果は十分とは言いがたく、これでシードと渡り合おうなど、土台無理な話だろう。

「いいか、その《左眼》は通常の人間よりも視覚的に得られる情報量が圧倒的に多い。それを活《い》かして相手の動作の……」

「休憩中は座学も禁止です！　コウモリさんも休んでください！」

年端もいかない少女に叱られるというのも中々得がたい経験だ。オレは新鮮な感覚を抱きつつ、右耳の《触手》を身体に仕舞《しま》う。最低でもオレのこの攻撃を完全に避《よ》けられるようになるぐらいまでには、その《左眼》を鍛えてもらわねばならないのだが。

「わたし、てっきりそれを出せるようになるための訓練なのかと思っていました」

すると斎川唯はその場に起き上がりながら疑問を口にする。

「ほら、わたしにだって《種》は眠ってるじゃないですか。なのでたとえば左眼から、こう、にょきって触手みたいなのが生えてくるのかなって」

若干グロテスクですけど、と斎川唯は引き気味に呟《つぶや》く。

「ハハッ、こんなものを出せるようになる必要はない。いや、むしろ出してはならない」

オレは自嘲しつつ、この《触手》の仕組みを話す。

「触手に見えるこれは種から発芽して伸びきった芽のようなものだ。硬度や伸縮性も自在で、何度切断されてもまた生えてくる……武器としては確かに使い勝手はいい」

「だったら……」

「だが」

オレはサファイアの娘の言葉を遮る。

「芽が出るということはすなわち、肉体を栄養として《種》に丸ごと持って行かれている証明でもある」

そう、この《種》は人間に驚異的な身体能力や回復能力、あるいは超能力めいた力を与える代わりに、副作用として多大な養分を人体に要求する。なにかを得ればなにかを失う、諸刃《もろは》の剣——それがシードの種。

「だから、コウモリさんの目は……」

ああ、その通り。オレはこの蝙蝠《こうもり》の耳を手に入れた代償として、視力を《種》に持って行かれた。《SPES》《スペース》の中にはオレと同じように半人造人間となり、寿命のほとんどを栄養分として使われ、干からびるように死んでいった奴《やつ》もいる。……いや、普通に死を迎えるならまだマシか。もしも《種》が栄養素を食い尽くし、それでもなお肉体が死を迎えられなかったその時は……。

「だが嬢ちゃんの場合、その心配はいらんだろう」

別に慰めをかけるわけでもなく、厳然たる事実として、オレと同じく《種》を身体《からだ》に宿す彼女にそう告げる。

「嬢ちゃんは幸か不幸か、シードによって器候補として見出《みいだ》された存在だ。副作用を起こさぬよう適切な処置を受けた上で、その《左眼《ひだりめ》》という名の《種》を植えられた。今さらそれが発芽するとは考えにくい」

　事実、幼い頃に患っていたという目の病気も、《種》を得たことによる驚異的な回復能力で完治している。彼女に今になって副作用が起きる可能性は限りなく低いだろう。

「……そっか、だからシエスタさんやヘルさんも《種》を宿していながらも《触手》は出せなかったんですね」

「ああ、それが器候補である条件だったとも言い換えられる。うまく《種》の暴走を抑え、副作用を起こさずにいられるか、と」

　つまりは《種》が発芽してしまった時が、なにかしらの副作用が起こる……あるいは既に起こっているという合図となる。

「君塚《きみづか》さん、大丈夫かな」

　小さな声で、斎川唯《さいかわゆい》は今ここにいない男の心配をする。

「そんなリスクが気にならないほど、叶《かな》えたい願いがあの男にはあったのだろう」

　ならば今さら、外部の人間が口を挟む余地はない。そしてあやつ自身、たとえそれが修羅の道であろうと歩みを止めてはならない。そんな未来を己が選択した限りは。

「今は人の事よりも、まずは自分の心配をした方がいい」

　副作用の心配は要らないとは言ったが、それはすなわちシードから器としてその身を狙われ続けるという意味でもある。シードを倒さない限り、彼女の身の安全が保証されることは永久にない。

「ふふ、意外に過保護なんですね。コウモリさんは」

するとサファイアの娘はなぜかそう笑いかけてくる。

「あ、でもいくらわたしのことが大事だからって、アイドルを好きになっちゃダメですよ。君塚《きみづか》さんじゃないんですから」

なんの話だ。仲間内で喋《しゃべ》るテンションをオレにまで適用するな。

「ハッ、さっきからあの男の話ばかりだな」

しかしオレも気付けばそんな軽口を返していた。

「……痛いところを突かないでください、わたしはボケる攻めるふざける専門なんです」

なるほど。難しいな、コミュニケーションを取るというのは。数年、別荘暮らしをしている間にすっかりやり方を忘れてしまった。……いや、オレの場合は生まれた時からこうだったか。ハハッ。

「でも、どうしてわたしに対しては過保護でいてくれるんですか？」

するとさっきから一転、オレにそんなことを訊《き》いてくる。どちらかと言えば、オレもその話題を突き詰めてほしくはないのだが。

「どこか、似ているんだろうな」

だが、別に避けるほどの話題でもない。

オレはあいつの遥《はる》か昔の面影をまぶたの裏に映し、そう呟《つぶや》いた。

「？　でも日本人ですよ、わたし」

オレが誰のことを言っているのか分かったのだろう。

斎川唯《さいかわゆい》は、自分の見た目が恐らくあいつ——オレの妹と似ていないことを悟り、疑問を呈する。

「ああ。見てくれだけで言えば、そうだな、嬢ちゃんたちの仲間の、エージェントの少女が一番近しいだろう。確かブロンドの髪に、エメラルド色の瞳なんだろう？」

「あ、はい、シャルさんのことですね。……そっか、妹さんも、あなたと同じ髪色で瞳の色だったんですね」

そう、あんな肥だめのような家と暮らしの中で。当時まだ幼かったあいつだけは、鮮やかなブロンドを太陽に輝かせ、宝石みたいに輝く瞳で笑っていた。笑いかけてくれていた。

——もう、二十年以上も前の話だった。

「では、わたしはコウモリさんの妹さんと内面が似ていた、ということですか？」

「まあ、そんなところだな」

オレは再び昔の記憶を辿《たど》りながら言う。

「えらく生意気なところだとか」

「じゃあ全然似てないですね！」

「なにを言っている、そっくりだ」

そうやって本気で首を傾《かし》げられるあたりもな。

「生意気で、わがままで、オレがその笑顔に弱いことも把握していて——けれど、根はまっすぐで、優しくて、誰かのために生きられる、強い少女だった」

そんな妹だったからこそ、オレは——

「さあ、休憩は終わりだ」

喉にこみ上がってきた言葉を飲み込み、オレは特訓の続きを促す。

つい長話になってしまったが、シードと近いうちに事を構えることを思うと、サファイアの娘に伝授しておくべきことはまだ山ほどある。そう考えながら重い腰を上げた——ちょうどその時だった。

「コウモリさん」

斎川唯《さいかわゆい》がオレの名を呼ぶ。

「もう一度だけ、あの人の話をしてもいいですか？」

「……どうした？」

そうして彼女はオレたちのこれからの運命を左右する一言を告げる。

「君塚《きみづか》さんからメールです——もうすぐ、わたしたちの下にシードが来ます」

【第五章】

◇もう一人のストーリーテラー

――日本、某所。とある廃工場にて。

「コウモリさん、大丈夫ですか！」

雨音が工場の屋根を叩《たた》く中、サファイアの娘――斎川唯がオレの名を呼ぶ。そう声高々に叫ばずとも聞こえているが、そこまで焦るほどにオレの外傷は酷《ひど》く見えるらしい。

「……ハッ、これぐらいなんでもないさ」

まあ、光をほぼ失っているオレの目には見えていないのだが。

オレは逃げ込んだ廃工場の、錆《さ》びた柱にもたれながら嗤《わら》う。オレ達は今、斎川邸を離れ、もう半日以上にわたって敵から逃げ続けていた。

そう、敵の急襲――思った以上にシードは新たな器を早急に欲しているらしい。とは言え、まだ奴《やつ》自身は姿を現してはいない。つまりは《SPES《スペース》》の残党ごときにこの様《ざま》というわけだ。しばらく別荘暮らしをしているうちに腕も鈍《なま》ったらしい。

「なんでもない人はそんなに血を流しません！」

するとサファイアの娘はなぜか怒りながら、特に出血が酷い箇所をハンカチで止血しようと試みる。

「過保護なのはどっちだ」

二十も年の離れた少女に世話を焼かれるのも居たたまれず、オレは軽口を言う。

「これで過保護なんて甘いですよ。もしも君塚《きみづか》さんだったら、抱き締めてあげて頭よしよししてあげないと泣《な》き喚《わめ》いてるところです」

普段からなにをやっているんだ、あの男は。

「まあ実際、右耳を潰されたのは確かに厄介だな」

シードの種が定着しているのはオレの右耳。これを潰されたとなると、蝙蝠《こうもり》の聴力を生かすことができない。これでは敵の襲来にも気づけまい。

「だがそれもあの時、あいつを逃がしたオレの怠慢がツケとして回ってきただけか。上手《うま》いことできているな、人生ってのは」

オレ達を追ってきている《SPES《スペース》》の残党とは、以前サファイアの娘をボウガンの矢で襲おうとしていた男のことだった。煙草《たばこ》を吹かしている暇があるなら、あの時追っておくべきだったか。

「あの人も《人造人間》なんですか？　逃げてる時、触手のようなものが見えましたが」

「あいつはオレと同じで、無理矢理《むりやり》《種》を定着させた半人造人間だ。毒を操る能力を持っているだのなんだのと、昔まだ組織にいた頃に聞いたことがある」

どうやらオレのこの右耳を掠《かす》めた矢にも毒が塗られていたらしい。いかにも残党らしきこすい手を使う。確かコードネームはクラゲ男だったか、それとももう少し格好のついた名前だったかは忘れたが、まあ所詮この物語においては脇役だ。であればあの時、あいつを追わずに美味《うま》い一本を吸ったオレの選択は間違えていなかったということだ。ハハッ。

「君塚さん、早く来てくれないかな……」

サファイアの娘がオレの手当をしながら、小声で呟《つぶや》く。そう、あの男から来た連絡によってオレ達はいち早く敵の襲来を知ることができたのだった。

「本人がいないとやけに素直だな」

「……わたしをいじるのは禁止です。イケおじならそういうところ察してください」

そう早口で言いながら傷口をハンカチで固く縛ってくる。やはり分かりやすいな。

「あの男が言っていたことは本当だと思うか？　それを信じられるか？」

オレは、あの後サファイアの娘宛てに追加で届いたメールに記されていた、シードにまつわるとある仮説の真偽と共に……君塚君彦に対する信頼性を改めて問うた。

「ええ、わたしはいつだって君塚さんを信じてますよ」

すると彼女はそう即答してみせる。

「信じたからこそ、わたしはピストルではなくマイクを握ったので」

「……ああ、そうだったな」

復讐《ふくしゅう》に生きるのではなく仲間と共に歩いて行く覚悟をしたからこそ、この娘はそう言い切れるのだろう。恨まず、疑わず、許し、信じ、迷いを消したからこそ、笑顔を浮かべることができる。人はそれを綺麗事《きれいごと》だと嗤《わら》うのだろうが、それを斎川唯《さいかわゆい》はマイク一本でねじ伏せる。そういう強さがある。そしてそれらは間違いなく、昔からオレが一つも持たぬものだった。

「斎川！　大丈夫か！」


刹那、工場の重い扉が開いた。

「君塚《きみづか》さん！」

そのタイミングは、まさに信じた者は救われるといわんばかりだった。サファイアの娘はオレの手当を投げ出しはしないものの、現れた救世主に感嘆の声を上げる。

「ずっと待ってたんですからね……もう！　この三日間お喋《しゃべ》りできなかった分、これから徹底的に甘やかしてもらいましょう。喧嘩《けんか》の件は……不問にしてあげます」

「はは、悪かったな」

「？　君塚さんが素直……珍しいこともあるものですね」

サファイアの娘は戸惑いながらも、仲間の帰還に胸を撫《な》で下ろす。

そこまであの男を信頼しているとは。はて、ここは嫉妬の一つでもするべきだろうか。

「あれ、そういえば渚《なぎさ》さんは？」

「ああ、少し遅れてるが、あとで来るはずだ」

すると君塚君彦《きみひこ》の声がそう答えながらオレ達の下へ近づいてくる。目が見えず、自慢だった右耳もしばらく使えないとなると、距離感を図るのも難しい。

「すまない、傷口のハンカチがほどけたようだ」

オレはサファイアの娘に、暗にそれを結び直してくれるよう依頼する。

「え？　ああ、まったく、コウモリさんもやっぱり世話が焼けますね」

そう言いつつもなぜか声を弾ませながら、彼女はオレの側《そば》に寄ってくる。

悪いがこの娘はお前にはやらん、とオレは向かいに立つ男に言外に伝える。

「コウモリ、よく今まで斎川を守ってくれたな」

「ハハッ、なに、お前のためじゃないさ」

まるで一人の女を賭けた、ジョーク交じりの口喧嘩。まったく、なぜオレがこんなことをしなければならない、と思いつつもオレはそんな舞台役者を演じる。

「そもそもオレ達は出遭った時から敵同士。お前に利することをオレがするはずがない」

そう、オレとこの男は決して互いに与《くみ》することはない。最初からそういう関係だ。

「でもコウモリさんはもう、《SPES《スペース》》とは手を切ったんですよね？　だったら……」

と、斎川唯が疑問を呈する。それに対してオレは、

「ハッ、そもそも《SPES《スペース》》に入ったのも目的があっただけだ」

初めから《SPES》に忠誠心などなかったことを改めて告白する。

「オレには昔、年の離れた妹がいた。だが生まれた家が最悪でな、六つの歳になった日に口減らしのために、とある孤児院に送られた。まあ、貧民街で生きてる人間の世界じゃよくある話さ」

オレはそんな過去を語りながら、手探りで煙草《たばこ》に火をつける。

「だがオレも当時は青くてな。いつかこの掃《は》き溜《だ》めみたいな世界を抜け出して妹を迎えにいってやると、本気でそう思っていた。学校にも行かずに働き、十三歳になる頃には効率よく稼ぐために裏稼業にも手を出し始めた。そうして運び屋のようなことをやっているうちに——《SPES》の存在を知った」

オレは顔を上げ、煙を高く、高く吐き出す。

「そしてやがて奴《やつ》らが、オレの妹のいる孤児院の運営にも関わっていることを突き止め、きな臭さを感じたオレは《SPES》に潜り込んだ」

「それが、コウモリさんが《SPES》に入った目的……」

「そうだ。だが調査をすればするほど、妹の身に危機が迫っていることが分かってな。もう一刻の猶予もないと悟ったオレは、禁断の手を使うことにした」

「シードの種を盗み出したのか」

今度は君塚君彦《きみづかきみひこ》の声が、オレにそう尋ねる。

「ああ、百キロ先の声が聞こえる《耳》さえあれば、いつか妹に会えると思った。実際にそれを使って情報を盗み出し、孤児院の場所も突き止め……しかし妹はすでにそこにはいなかった。それでも命令に従って世界中を飛び回っていれば、きっといつか再会できると信じていた。そうして十年以上の月日が流れた末に——」

妹は死んだ。

「いや、死んでいたと言った方が適切か。十年以上掛けて情報を集め、結局、遥《はる》か昔に実験で妹は死んでいたという事実を知った。そしてそれと同時にオレの企《たくら》みも勘づかれ、十年越しにオレは処分を受けることになった」

その顛末《てんまつ》が四年前のハイジャック事件。

そうしてオレは《SPES》と本格的に袂《たもと》を分かつことになった。

「だがオレはまだ、それでも諦めはしなかった。妹ともう一度会うまでは決して死ねないと心に誓っていた。というのも《SPES》として世界中を飛び回る中で、オレは一つの噂《うわさ》話《ばなし》を耳にしていたのさ」

「——吸血鬼」

その存在を目の当たりにした斎川唯《さいかわゆい》が小さく呟《つぶや》く。

「ああ、そうだ。死んだ人間を生き返らせる能力を持つ存在——吸血鬼。もしもそれが本当ならば、オレはもう一度妹に会うことができる」

「だけど、その能力は……」

「ああ、そうだ。あいつの死者蘇生の能力は、オレの期待するものではなかった」

スカーレットの作る《不死者》は、生前の最も強い本能以外をすべて喪失したゾンビでしかない。それではオレの願いを真に叶《かな》えたとは言えない。

「ゆえにオレの目的はとうとう潰《つい》えた。永久にこの望みは叶わないだろう」

「だから代わりに俺たちに協力を申し出たと？」

君塚君彦《きみづかきみひこ》の声がそんなことを問う。

自分の願いが叶わないのなら、せめて他の誰かの力になろうとしたのか、と。

「ハハッ、おいおい。オレがそんな殊勝なことを言う人間だと思うか？」

まさか、ここまでつまらないジョークを吐く奴《やつ》だとは思わなかった。オレは吸っていた煙草《たばこ》を床のコンクリートで消す。

「これはオレの残滓《ざんし》みたいなものだ。雑巾のごとく絞り上げ、最後にたったひとつだけ残った、意思とも呼べない意地のような何か。あえてそれに名前をつけるというのなら、今のオレを突き動かしているのは、くだらない復讐心という名の内なる衝動——」

オレはそう吐き捨てながら、少しばかり回復した身体《からだ》に鞭《むち》を打って立ち上がる。

「コウモリさん……?」

「後ろに隠れておけ」

不思議そうな声を上げる斎川唯《さいかわゆい》を、オレは自分の背後に匿《かくま》う。

「オレが最後にたった一つやり残したこと、それは」

そうしてオレは、さっきからずっと君塚君彦のフリをしている男に、銃口を向けながらこう言った。

「お前をこの手でぶち殺すことだ——シード」

◇悪役

そうしてオレが躊躇《ためら》うことなく撃ち放った銃弾は、そのままシードの額を貫通した。

——だが。

「なるほど、気付いていたか」

奴はそれに対してさしたる反応を見せることなく、淡々とそう語る。どうやら額に穴を開けた程度のことでは、敵は動きを止めてくれぬらしい。

しかし、それでも奴の声質や口調が先ほどまでとはまるで違うことが分かる。オレの光を失った目には映っていないが、恐らくは君塚君彦の姿に化けていた見た目も今頃、元の姿に戻っているのだろう。ベースは確か、白髪の青年のような姿だったか。

「そんな……」

斎川唯《さいかわゆい》がオレのそばで呆然《ぼうぜん》と呟《つぶや》く。

よく目が見えるからこそ騙《だま》されることもあるのだろう。オレ達の前に立つこの男こそすべての《人造人間》の親であり、最大の敵——シード。自在な変態能力により姿形を変え、仲間を助けに来たフリをしながら、斎川唯という器を奪いに来たのだ。

「なぜ分かった？」

するとシードは、オレに銃口を向けられたまま静かに問うてくる。

「ああ、遥《はる》か百キロ先の物音も聞こえるはずだった耳も潰されたからな。本来であれば今のオレには、お前の正体を見破ることはできなかっただろう」

だが悪いな。シード、お前だけは特別だ。

「身体中《からだじゅう》の細胞が、全身に流れるこの血が、仇敵《きゅうてき》の心音だけは聞き逃すまいとずっとうるさく啼《な》いている。たとえお前が地獄の果てへ逃げようと、このうねりが止《や》むことはない」

オレはそう告げて、再び敵の気配を頼りに発砲した。

「なぜこの俺が逃げる必要がある？」

だが手応えはなく、返ってきたのはそんな感情の宿っていない冷たい声。そして——

「危ない……！」

下腹部に軽い衝撃。だがこれは敵の攻撃ではない……サファイアの娘か。オレはそのまま彼女に身を預け、押し倒される。

「……大の大人を押し倒してしまいました」

「いや、良《い》い判断だ。助かった」

オレは彼女の頭を雑に撫《な》でながら立ち上がる。

「なるほど、その娘も俺の種を使いこなし始めたか」

ヒュン、ヒュン、となにかが空を切る音が聞こえる。恐らくシードが《触手》を振り回しているのだろう。そしてその攻撃をいち早く察知したサファイアの娘の機転により、オレは致命傷を避けられたわけだ。

「あなたではなく、コウモリさんの特訓のおかげです」

斎川唯はオレの隣に立ってシードに告げる。

「今のわたしの左眼《ひだりめ》なら、あなたの動きは手に取るように分かる……！」

そう、それが斎川唯の《左眼》の新たな使い方。人間は通常、身体を動かそうとする時にその部位以外の筋肉も先んじて使用する。だがその予備動作とでも呼ぶべき前兆を、サファイアの左眼は数秒早く捉えることができる。その気になれば相手の筋肉の繊維、一本一本を透視することさえ可能な彼女であるからこそ、なせる業だった。無論、まだ訓練の時間は十分と言えず、完全覚醒には及ばないが。

「この力さえあれば、どんな攻撃だって避《よ》けられる。たとえあなたが人造人間だろうと宇宙人だろうと、わたし達は絶対に負けない」

それでも斎川唯《さいかわゆい》は、あえてそんな強い言葉《はったり》でオレと共に戦う意思を見せる。

そんな頼もしい味方に対して、オレは、

「いや、今すぐに逃げろ」

敵前逃亡が最善策であることを端的に伝える。

「オレが時間を稼ぐ。それぐらいの働きはできるつもりだ、だから嬢ちゃんは……」

「――嫌です！」

きっとオレがそう言うことも、分かっていたのだろう。その《左眼《ひだりめ》》なんぞ使わずとも。

「なんですか？　まさか『ここはオレに任せて先に行け』ってやつですか？　流行《はや》らないんですよ、今時そんなの」

斎川唯は堰《せき》を切ったように吐き出す。

「大体、コウモリさんにそんな台詞《せりふ》似合わないです。そういう格好つけた口上は、全能感に溢《あふ》れたちょっとイタいけどその自覚のない主人公気質の高三男子とかが言うのが鉄板なんです。それを、コウモリさんみたいな昔は敵だったけど今は味方をしてくれる、硬派なイケおじポジションの人が言っちゃダメなんです。だって、だって……」

「伏せろ！」

どうやら今回ばかりは、その《左眼》よりもオレの直感が勝っていたらしい。斎川唯を庇《かば》ったオレの背中に突き刺さった《触手》がそれを教えてくれる。

「だって、もう、ここが最期の場所って決めてるみたいじゃないですか」

斎川唯は泣いているようだった。

不思議なものだ。命が助かった人間はみな、もっと喜ぶものだと思っていたが。

「人にはみな、役割がある」

オレは意識が飛びかける激痛に耐えながら、努めて冷静に告げる。

「たとえば夏凪渚《なつなぎなぎさ》が先代名探偵の遺志を継いで世界の敵を倒すように。たとえば斎川唯が両親の思いを背負って歌を歌い続けるように。たとえばオレにも、こうして一人戦場に残るという使命がある」

「そんなの……そんなの、わたしを守るためだけに……」

「……ハハッ、勘違いするな。嬢ちゃんを守るためじゃない」

そうしてオレは体勢を起こし、斎川唯に背を向けて言う。

「オレがここに残る理由はただ一つ。オレがこの手で、あいつをぶち殺すためだ」

そう、誰かを助けるために犠牲になるわけではない。

オレの役割はこの場で、この手で、仇敵《きゆうてき》の息の根を止めることだ。

「──なるほど、貴様も不良品種か」

次の瞬間、目の見えないオレにもはっきり分かるほどの瘴気《しようき》のような何かが、シードの方から発せられる。どうやら無数の《触手》がオレに向いているらしい。

「では、この親《おれ》が間引かねばな」

そして鋭利に尖《とが》った触手の先端が、鞭《むち》のようにしてオレに飛んでくる。──だが。


「刈り取られるべきはアナタの方よ──シード」


体液が噴き出す音。鋭い刃《やいば》が《触手》を一太刀で切り裂いたのだろう。

「シャルさん……！」

仲間の合流に、斎川唯《さいかわゆい》が安堵《あんど》した様子を見せる。

「ごめんなさい、こっちも敵の襲撃を受けて遅くなった」

ブロンドの少女は言いながら、付着したシードの体液を払うように剣を振るう。

「その代わり、残党は全部狩ってきたから」

なるほど、どうやらオレの耳を腐らせたあの男も処理してきたらしい。そしてこのタイミングでの彼女の到着は、オレの望みを果たす。

「頼めるか？」

「……それがこの場におけるワタシの役割ってことよね」

ああ、察しが良くて助かる。いけ好かないあの女刑事も、なかなか出来の良《い》いエージェントをこさえているようだ。

「……っ！　シャルさん、どうして！」

仲間に抱え上げられた斎川唯が戸惑いの声を上げる。

「ごめんなさい、ユイ。あとで何発でもぶっていいから」

そう言って助太刀の少女は斎川唯を抱え、オレに背を向けると、

「アナタが無事、使命を果たせることを祈ってる」

実にエージェントらしい台詞《せりふ》を残して、その場を去っていく。

そうしてオレの耳には、まだ年端もいかない少女の泣き声だけが耳に残った。


「これが貴様の望んだ展開か？」

なにかが焦げるような音。だがそれは逆で、シードの《触手》が再生していく時の音だ。

「であれば、失策だな。あの器の少女を死の間際で逃がせば、その分体内に芽吹いた種の生存本能は高まり、俺の器としての適合率は上昇する」

ああ、そうだろうな。先日、斎川唯がドームライブで襲撃された事件も、あれはただの脅しだったわけだ。そうして命の危機に晒《さら》させることで生存本能を高め、器の強度を増していた。しかし今はそんな話、微塵《みじん》も関係ない。

「ハハッ、何度同じことを言わせる。オレがこの場に残った理由はただ一つ——この手で貴様を殺すためだ」

そうしてオレは、右耳から生やした触手の先端をシードに向けた。

「そうか。まだその《種》は完全に死んでいなかったか」

ああ、たとえどれだけ死に体になろうともオレにはまだこれがある。子が親を殺すというのも、なかなかどうして愉快な展開だとは思わないか？

……ハハッ、いいな。最後の最後で面白くなってきた。であれば終幕ぐらい、物語の主人公みたく正義の味方として振る舞ってみるのも一興だろうか。

「自然の理《ことわり》に従い、息絶えよ」

シードが放った無数の鋭利な《触手》がオレに迫る。

そうして最後の戦いを目前に、オレが口にした一言は。

「ハハハッ！　死ぬのはてめえだ！」

しかし、なるほど。

どうやら一度身についた悪役は、そう簡単には拭えないらしかった。

◇それが最後に残った生存本能

互いの《触手》が打ち合い、その先端が相手の左胸を、喉元を、頭部を狙う。飛び散る体液、血の臭い。オレの《触手》はシードと同種のはずであり、その点だけで言えば戦況で大きく引けは取らない。だがしかしシードはあらゆる《人造人間》の生《オリジナル》みの親であり、カメレオンらクローンが持っていた特殊な器官や能力もすべて有している。

そんな圧倒的な怪物を前にして、二十年ひたすら磨きをかけたこの蝙蝠《こうもり》の耳があるとは言え、所詮は元人間であるオレは一体、何分……いや何十秒立っていられたのだろうか。

「無駄だ、もうそう長く持たぬだろう」

感情の欠けたシードの声が遠く聞こえる。

しかしそれは物理的距離が離れているからではなく、恐らくオレの意識が薄らいでいるのが原因だろう。膝をついていたオレは腕を支えに立ち上がろうとして、しかし今はもうその右腕がないことを思い出した。

「……ハハッ、厳しいか」

オレの右腕はシードの《触手》による斬撃を浴び、肩のあたりから切断されていた。どろりと血が滴る生暖かい感触を味わいながらも、オレはどうにかその場に立ち上がる。

「……だが右耳は奪ったぞ」

オレは《触手》で切り取ったシードの片耳を投げ捨てる。無論、それがじきに再生することは分かっている。だがまずは最も厄介と言ってもいい、オレと同じその能力を奪う必要があった。

「なぜそうまでして戦う？」

するとシードが淡々とオレに問う。目は見えず、腹に穴が空き、今こうして片腕も切断されたオレがそれでも尚《なお》立ち上がる理由が、心の底から理解できないという風に。

……いや、そもそもシードに心なるものが存在するはずもない。こいつはただの、宇宙から飛来した植物の《種》でしかない。対話したところで何が生まれようか。

「この復讐心《ふくしゅう》こそが、今オレを生かす生存本能だからだ」

それでも尚、オレの口からはそんな言葉が漏れ出た。そして今、自らその意味をオレは改めて反芻《はんすう》する。復讐——雪辱、仇討《あだう》ち。果たしてそれらに意味はあるのか。

——あると思った。

思ったからこそ、あの時オレはサファイアの娘にその話を持ちかけたのだ。両親を殺した敵に、復讐の銃弾を浴びせてやれ、と。そうして親の無念を晴らせ、と。

だがあの娘は、それを選ばなかった。代わりに彼女が選んだのは、ピストルではなく一本のマイクだった。なに、今さらそれをオレが否定する気はない。そんな権利もない。

ただ問題なのは、だったらオレはどうするのかという話だ。

そう。たった、それだけの話だ。

「なにがおかしい？」

ふとシードがそう尋ねた。

そうか、オレは笑っていたのか。

激痛で意識が朦朧《もうろう》としているせいか、自分でも気が付かなかった。

「いやあ、なに。どこかで聞いた台詞《せりふ》を思い出してな」

復讐は何も生まない。復讐なんて誰も望んでいない。

憎しみはまた次の憎しみを生むだけだ。

オレは、そういうことを抜かす偽善者をこの手でぶちのめしてやりたいと思っていた。

死者は復讐を望まない？

誰だ、お前は。なぜお前が死者の代弁をする。

死者が何も語らぬと言うのなら、お前もまた何も語るな。

オレは誰の指図も受けることなく、今この本懐を果たす。

「そうか、最期を迎えるまで続けるか」

シードが、恐らくは再びオレの右耳から伸びた《触手》を見て、わずかに失望の色を滲《にじ》ませながら呟《つぶや》く。

どうやらオレは、奴《やつ》が望む答えを提供できなかったらしい。だが最初からオレが求めているのは話し合いではなく殺し合いだ。そしてそれももう、間もなく終わりを迎える。

「ああ、だが焦るな。最期を迎えるのはお前も一緒だ——シード」

胸元に入っている携帯端末の振動によって準備が整ったことを知ったオレは、隠し持っていた起爆スイッチを作動させた。そしてシードの足下に埋まっていたそれはノータイムで起爆し、瞬く間に敵を炎の渦に包み込んだ。

そう、オレは何もこの廃工場へ敗走してやって来たわけではない。事前に情報を掴《つか》み、最初からシードを追い込むための罠《わな》を張っていた。

「——爆殺か。確かに、もしも俺がヒトであったなら悪い手ではなかっただろう」

しかし、燃え盛る炎の中からシードの低い声が聞こえてくる。そして——

「……ッ、ハ……」

炎の渦から伸びた、燃える《触手》がオレの胸部を貫いた。気管が灼《や》け、呼吸することもままならない。もはや幾つこの身体《からだ》に穴が空いているかさえ分からなかった。

「……ああ、やはりオレじゃお前には敵《かな》わない」

自分のものとは思えぬ掠《かす》れた声。それでもオレは胸に突き刺さったシードの《触手》を左手で強く握り返しながら告げる。

「確かにお前を、オレ一人で仕留めることはできない。この炎で焼くことはできない」

ただの植物ではない《原初の種》を摂氏二千度に満たない炎で燃やすことは不可能。

ゆえにオレ達はある策を講じた。

それは最初で最後の共闘——この罠を以《もっ》て巨悪を倒す。

オレは右耳の《触手》を伸ばし、燃え盛る炎ごとシードを拘束する。

「コウモリ、貴様もこのまま死ぬ気か？」

「所詮は四年前に拾った命だ」

それでも今からこうして本懐が遂げられるとするならば。オレもまた、あの白髪の名探偵に依頼を叶《かな》えられたということになるのだろうか。であるならば、これ以上皮肉な話もないだろうと、オレは腹の中で嗤《わら》った。

「悪いな、シード。お前を殺すのはオレでも、この爆発による炎でもない」

次の瞬間、工場の天井に仕掛けていた時限式の爆弾が起爆し、金属製の屋根を吹き飛ばした。そして立ちこめる黒煙の中、大破した屋根の上から覗《のぞ》いたものは。

「お前を燃やすのは——太陽だ」

◆マイクとピストル

「なんだ、これ……」

斎川《さいかわ》から聞いていた廃工場まで辿《たど》り着いた俺は、目の前の光景に絶句する。そこにあったはずの建物は、一部の柱を除いてすべて吹き飛び、瓦礫《がれき》の山と化していた。

「爆破、したんだ……工場ごと……」

そして隣に並んだ夏凪《なつなぎ》も、立ちこめる黒煙から手で目を庇《かば》いながら、そう言葉を絞り出す。

あの《SPES》《スペース》の研究施設で、シードの弱点が太陽であるという仮説を立てていた俺たちは、この工場に辿り着く前にとある作戦を練っていた。それはシードを所定の場所までおびき出し、コウモリが敵の足止めをしている間に、俺や夏凪が工場の屋根を爆弾で吹き飛ばすことで太陽の光を浴びせるという計画。

だがコウモリはその作戦を確実に成功させるために……俺たちの仮説を実証するために、たった一人独断で、工場ごと爆弾で吹き飛ばしてみせたのだ。そして今、この光景を見る限り戦いはもう終わっている。その勝者は――

「コウモリ……?」

いまだ揺らめく炎と煙の中、ボロボロになったスーツ姿の男が背を向けて立っている。

しかしよく見ると、その右腕は肩の辺りから無くなっていた。

「……ッ」

俺は咄嗟《とっさ》にその場へ駆け寄ろうと足を踏み出し、

「アレはもう、コウモリじゃない」

だがその瞬間、第三者の少女の声が割って入る。そして目の前でブロンドの髪が靡《なび》き、同じく黄金色の細剣が、迫り来る《触手》を薙《な》ぎ払《はら》った。

「シャル……？」

活殺自在のエージェント、シャーロット・有坂《ありさか》・アンダーソンが剣を構えたまま対象を睨《にら》む。

「あれはもう《原初の種》に乗っ取られてる。不覚だった……シードが器にできるのはユイだけじゃないって分かってたのに」

「……！　シードは、コウモリを仮の器として使っているのか……」

その理由は単純、太陽の光からその身を守るため。

つい先日シードがコウモリを脱獄させ、その身に置こうと画策していたのもそれが狙いか。コウモリはシードにとっての非常食だったのだ。

「コウモリ……」

そうして不自然な首の角度で振り返ったかつてのライバルは、焦点の合ってない紫色の瞳を俺に向ける。俺たちの策は……コウモリの賭けは、あと一歩のところで敵の首を落とせなかった。

「……っ！　キミヅカもナギサも下がって！」

シャルがそう叫ぶよりも前に、コウモリの……否、シードの背中から伸びた《触手》が三叉《みつまた》に分かれ、それぞれ俺たちに襲いかかる。

「二度とピストルを持たないと言った覚えはありませんから」

だがその時、一発の銃声が鳴った。

短い慟哭《どうこく》、シードがその口から赤い血を吐く。

奴《やつ》がゆっくりと振り向いたその先に立っていたのは——マイクではなく、両手でピストルを握った斎川唯《さいかわゆい》だった。

「敵討ちです」

そうして彼女は悲しげな微笑を湛《たた》える。

それはきっと復讐《ふくしゅう》という二文字で言い表せるような単純な感情ではない。あの夜に誓ったように、彼女はもう、恨みや憎しみに囚《とら》われない。それでも。共に歩く仲間のために、俺たちを取り巻くこの物語を未来へ繋《つな》ぐために、斎川唯は決意の銃弾を放った。

「——さすがに回復の時間を設けねば厳しいか」

シードが、自身の腹に空いた銃弾の穴を見てぼそりと呟《つぶや》く。コウモリを器にされる前に、わずかな時間でも太陽の光によるダメージを負わせることができていたのだろうか。シードはそれから、まるで《触手》をバネのように使って一気に上空へ駆け上ると、やがてその姿をカメレオンのごとく周囲の空気に溶け込ませ、この場から完全に消失した。

そうして残された俺たち四人は、ゆっくりと歩きながら戦場の跡で一カ所に集まる。

「全員、無事？」

シャルが代表して俺たち三人に訊《き》く。

数日ぶりの再会、だがまるで数年もの間ずっと戦い続けてきたかのように、誰もが満身《まんしん》創痍《そうい》だった。

「ああ、どうにか生きてる」

――だけど。

「生き残ることが、目的じゃなかったからな」

そう、俺たちの本願はシードを倒すこと。

敵の急な襲来ではあったが、しかし逆にシードの不意を突き、ここで倒す……つもりだった。だがまだ、詰めが甘かった。あと一歩のところで、最悪の敵は再び世に放たれてしまった。

「――でも、生きてるよ」

うなだれる俺が即座に顔を上げてしまったのは、やはりその声だ。

それは夏凪《なつなぎ》の持っているという《言霊》の能力なのだろうか？

いや、きっと違う。これは彼女が、彼女だけが持っている性質だ。

「生きてさえいれば、何回だって挑める。何回だって戦える」

何回だって立ち上がれる。そう言って夏凪は、どこかいたずらっぽい笑みを浮かべる。

そんな王道で、もしも俺が口にすればクサいと言われてしまいそうな台詞《せりふ》でも、夏凪渚《なぎさ》にはどうしようもなく似合う。似合ってしまう。その声を、その言葉を聞くだけで――夏凪渚の叫びに触れるだけで、俺たちは不思議と前を向けてしまうのだ。そこには紅《あか》い目も言霊も関係ない、あるのは夏凪渚の激情という名の強い、強い意志だった。

「でも、太陽がシードの弱点であることは間違いないのよね？」

するとシャルが改めて今回の作戦に至った経緯を尋ねてくる。

「ああ、それが《SPES》《スペース》の実験施設で情報を集め、俺と夏凪が立てた仮説で……そしてコウモリが命を賭して実証したものだ」

俺たちはあの場所で《シエスタ》の力も借りて、シードを筆頭とした《人造人間》《クローン》達の行動履歴を洗った。そこで判明したのは、奴《やつ》らが目立って動くのは決まって夜の時間帯か、荒れた天候の時だけだということ。

事実よく思い返してみれば、たとえば一年前のロンドンで。ケルベロスは心臓を集めるために人々を闇討ちしており、俺のことを襲いに来たのも夜更けだった。あるいはその後日、加瀬風靡《かせふうび》に化けたシードが俺とシエスタの住む家に訪れた日は、突然の大雨に降られたことを思い出す。また最近では一ヶ月ほど前のクルーズ船で。カメレオンは夏凪を誘拐しておきながらも、陽《ひ》がすっかり暮れてからしか俺たちの前に姿を見せなかった。

それらから導き出される仮説は、シードとそのクローン達が太陽の光を避けているということ。奴らは恐らく、太陽の陽差《ひざ》しの下では生きることができない。この地球上、どこへ行こうとも太陽からだけは逃げられない。

だからこそ《SPES》という組織を作り……あくまでも人間の身体《からだ》がベースで、太陽を苦手としないコウモリやヘルを表に立たせて働かせた。そうして自分はいつか太陽を克服するために、人間の器を育て続けていたと考えられた。

だがこれらはあくまで仮説であり、推論に過ぎなかった。

コウモリがたった今それを、命を賭けて実証するまでは。

「綺麗《きれい》な青空です」

するとその時、斎川《さいかわ》が何かを思うように空を見上げる。

早朝に降り続いていた雨は、今やすっかり上がりきっていた。

だがそれは、作戦を成功させるために人工的に作り出した晴れ間だ。相手《シード》はそう簡単に俺たちの前に姿を現さない慎重な敵。今日も元々は、分厚い雨雲が太陽を覆っていたからこそ、朝方であるにもかかわらず斎川《さいかわ》という器を求めて襲来したのだろう。だが――

「雨雲は千発のミサイル弾が消し飛ばしたからな」

それは人工降雨を応用した技術で、現にロシアなどの国では実用化もされている。空軍機を使って液体窒素を散布して雲を散らし、ヨウ化銀を詰めたミサイル弾で降水雲を消滅させるのだ。この手配を敷いてくれた赤髪の女刑事には、あとで礼を言わねばなるまい。

「まったく、君塚《きみづか》さんは相変わらず情緒を解さない人ですね」

斎川がじとっと俺を見つめながら、はあと大きくため息をつく。

やれ、理不尽だ。

だが、久しぶりに見ることができたその表情に、思わず顔が綻んだのも事実だった。

「戦う理由が、もう一つできた」

俺は、コンクリートに落ちていた煙草《たばこ》の吸い殻を見ながら言う。

「コウモリさんは、最後までわたしを守ってくれました」

そして斎川はやはり遠い空を見つめて言う。

「途中で姿は見えなくなりましたが、敵が逃げた方向はこの《左眼《ひだりめ》》で把握しています」

その発言の意図は、今さら問う必要もない。気づけば夏凪《なつなぎ》もシャルも、同じ方向を、遠い夏の空を見上げていた。

ああ、分かっているさ。

俺にとっては四年前から始まったこの物語に、一つの片をつけてやる。


「今日、俺たちの手でシードを倒す」

◆君が死なないと誓うなら

海沿いの道路を一台のセダンが走る。

「シャルさん。次の角を左に曲がったら、ずっと直進です」

「ありがとう、ユイ。ちょっと飛ばすわよ」

シャルがハンドルを握り、助手席に乗った斎川がナビ役として的確な指示を出す。再び太陽を雲が遮り、雨が降り出した中、俺たち四人はシードが去って行った方角へと車で向かっていた。

「本当にやるのよね、ワタシたちだけで」

するとシャルがミラー越しに視線を寄越《よこ》す。

シードが次にどう動くのか、何をしでかすのか分からない。だったらむしろ、少しでもダメージを与えられている今が敵を倒すチャンスだ」

風靡《ふうび》さんもいない、そして当然シエスタも生き返ってなどいない今の状況。更には味方になってくれていたコウモリもやられた。だがこっちが万端な準備を整えようとすれば、シードもまた新たな手を講じるはずで、せっかく与えたダメージも無に帰してしまうだろう。

「だから俺たちの手でシードを倒す。《SPES》《スペース》を殲滅《せんめつ》する——今日で全部、終わらせる」

シエスタの遺《のこ》した……彼女が最後の希望だと言ってくれた俺たちでやるしかない。

きっと今日、この日が《SPES》との最終決戦だ。

「それでいい……よな?」

そういえば俺の勝手な判断で話を進めていたことに気づき、今さらながら三人にそう尋ねる。

「もちろんです」

助手席に乗っていた斎川《さいかわ》が、後部座席を振り返りながら言う。

「前にも言った通り、わたしは君塚《きみづか》さんの右腕ならぬ左眼《ひだりめ》ですよ! きっと次にこの左眼に映るのは、完全無欠のハッピーエンドのはずです!」

「……ああ、そりゃあ心強いな」

一番年下のくせして一番大人の斎川は、いつだって俺のそばにいてくれる。両親と《SPES》との因縁を知って、葛藤を乗り越え、過去よりも未来を選んだ斎川。その未来を明るいものにするためにも、この戦いだけは決して負けられない。

「ま、ワタシも最初からそのつもりだけど」

次にシャルが前を向いたまま、背中越しに応える。

「そのために武器も積んだ車で来たんだし」

「準備の良さはシエスタ譲りだな」

シャルの「最初からそのつもり」とは「ずっと俺の味方だった」という意味ではきっとない。だが俺とシャルはそれでいい。決して馴《な》れ合わず、たとえ平行線のままだとしても……互いに同じ方向を向いているのなら、それだけで十分だ。十分な、進歩だ。

「夏凪《なつなぎ》も、いいか？」

そうして俺は最後に、同じく後部座席に座る夏凪に尋ねる。

「うーん、そうだなあ」

……ここに来てまさかのリアクション。夏凪はぐっと伸びをして、しばらく考えるような素振りを見せてから、

「君塚が死なないって誓ってくれるなら、いっかな」

どこか大人びた微笑を、隣に座る俺に向けた。

「分かった。代わりに俺が無事に生き延びたら、なにか言うことを一つ聞いてくれ」

俺は冗談めかして、あえてそんなフラグを打ち立てる。ここまであからさまだと、逆に生存フラグに早変わりだ。

「君塚《きみづか》相手だと怖いんだけど……あたしは一体なにを要求されるわけ……」

「18禁なんて生ぬるいからな、むしろ80禁ぐらいを覚悟しておけ」

「80歳にならないと許されないプレイって逆になに!?」

「孫に囲まれ、お茶を飲みながら縁側で将棋するとか」

「確かにそれは80歳になってからのみ許される遊戯《プレイ》！　……あれ、でもそれはつまり、おじいちゃんおばあちゃんになっても一緒にいようっていう間接的なプロポーズ的な……」

「夏凪《なつなぎ》と結婚なあ……。…………………無いなあ」

「熟考した上で断るのって、より酷《ひど》いから！　いや別にあたしもそんなこと頼んでないけど！」

夏凪はキンキン喚《わめ》きながら、俺の肩に何度もパンチを繰り出す。

すると今度は、斎川《さいかわ》のしらっとした視線がミラー越しに向いてることに気づく。

「え？　この今までにも増した熟《こな》れた痴話喧嘩《ちわげんか》、これロンドンで確実に何かありましたよね？　男と女になっちゃってません？」

「本当、ワタシ達が必死に働いてる間に何やってたわけ」

そしてシャルもまたジト目を向けてくる。

……やれ、人の気も知らずに。こっちはこっちで大変だったんだよ。

「というか人に運転させといて後ろでイチャイチャされるの、マジで腹立つわね」

「はあ。シャルさん、結局わたしたちは君塚さんの攻略対象にも入っていない、ただのサブヒロインだったみたいですよ」

「や、そもそもワタシはキミヅカのヒロインになろうと思ったことはないのだけど」

シャルが真顔で「そこだけは死守させて」と強く否定する。

「あ、シャルさんはそうでしたね。渚《なぎさ》さんとシャルさんって強気なところとか、でも攻められたらちょっと弱いところとか結構似ている部分はあるんですが、君塚さんのことが嫌いなのがシャルさんで、君塚さんのことが本当は大好きなのが渚さんって覚えると分かりやすくていいですね」

「ユイ、アナタたまに躊躇《ためら》いなくとんでもない爆弾ぶん投げるわね。ワタシ今、怖すぎて後部座席見られないもの。今の発言を聞いてどんな空気になってるか想像もしたくない」

「大丈夫ですよ、シャルさん。ラブコメ時空になってる時は大抵、主人公に難聴イベントが発生しているものなので、さっきのわたしの発言も聞こえていないはずです」

「ちょっと君塚！　あんたのスマホ、アラーム鳴ってる！　うるさい！」

「あー、ロンドンに時間合わせたままだったな、悪い。……そういえば斎川、さっき俺たちに話しかけてたか？」

「いえ、何も！」

「見事なものね」

なぜか斎川《さいかわ》とシャルが意気投合しているように見えたが、アラームの音がうるさくてよく聞こえなかった。はて、二人は一体なんの話をしていたのだろうか。

「でもこんなに緩んだ空気でいいわけ？」

ふと、シャルがため息をつきながら言った。

これから最終決戦というのに、あまりにいつも通りなのが気になったのだろう。

「いいだろ、別に。あの時だってそうだった」

だが、きっと俺たちはこれでいい。なぜなら一年前も——シエスタは最後の戦いに挑む前も、いつもと同じように美味《うま》そうに紅茶を飲んでいた。

「ま、アナタがいいなら良いけど」

シャルは一瞬苦笑めいた表情を浮かべると、

「だけど。ここからはもう、おふざけはなしよ」

これまでの空気を変えるような張り詰めた声。

斎川の予測では、この辺りにシードは飛び立っていったはずだ。

「あれ！」

すると、いち早く当の彼女が声を上げて指さした。海に掛かる大きな橋。その橋上で玉突き事故が発生している。そして黒煙が立ち上る先、橋の真ん中には、一つのゆらめく人影が見えた。

「コウモリ……」

立ちこめる煙の向こうに浮かぶのは金髪にスーツ姿の男。だがその中身はシードか、と……一瞬そう思った。だが、シードがなんの準備も整えずにここで待ち構えているとは考えにくい。恐らくシードはもう、コウモリという壊れかけた仮の器を捨て去っている。

「っ、どうする？　それと唯《ゆい》ちゃん、近くにシードは？」

「今のところはこの《左眼《ひだりめ》》でもシードの姿は見えません。ですが、透明化している可能性もあるので、なんとも……」

夏凪《なつなぎ》の質問に斎川は険しい顔つきで答える。

「降りよう。シャル、車を停《と》めてくれ」

どの道、今のこのコウモリを無視することはできない。俺たちはコウモリが立つ十メートル手前ほどで車を停めて降り立つ。橋の上には、怪物を恐れて逃げ出したのか、俺たち以外に人はいなかった。

「コウモリ……」

俺は銃に弾を込めながら近づいていく。

右腕は肩のあたりから切断されており、胸や腹にはシードの《触手》で貫かれたような跡もある。どうにか二本足で立っているものの、やはり身体《からだ》は大きくふらつき、俯《うつむ》く顔は俺たちと視線が合わない。

「君塚《きみづか》さん、気を付けてください！　コウモリさんはもう……！」

斎川《さいかわ》が叫び、そしてその予告通りと言うべきか、コウモリの右耳から《触手》が生えてくる。

「アアアアアアアアアアアアアアアアアアアアアアアアア！」

上体を逸《そ》らして咆哮《ほうこう》するコウモリ。

それは恐らく《種》の暴走——以前、カメレオンが客船での戦いで見せた姿だった。満身創痍《まんしんそうい》の上に一時シードに器として肉体を利用され、さらにはシードの血を多量に浴びてしまった。それによって《種》がコウモリの身体を内側から食い尽くしているのだ。

「今、終わらせる」

俺はそんなコウモリを見て、奴《やつ》の下へ足を踏み出す。

「君塚」

すると夏凪《なつなぎ》が、どこか心配そうに俺を見つめる。

なに、大丈夫さ。

それに、これは俺がやらなくてはならないことだ。

偶然なんかじゃない。

だが運命などというワードも俺とこいつの間には似合わない。

だから、そう。これはきっとただの——因縁だ。

「お前と戦うのはこれで二回目だな、コウモリ」

そうして俺は、四年越しの仇敵《きゅうてき》へと銃口を向けたのだった。

◆アルベルト・コールマン

きっと激戦になるのだろう、と。

最初に銃を構えた時にはそう思っていた。

「コウモリ、お前……」

だがもう、コウモリはまともに戦える状態ではなかった。片腕がないからか、身体のバランスが取れずに何度も転倒し……耳から伸ばした《触手》を力なく振り回すも、シャルのように機敏な動きが取れない俺でもなんなく避《よ》けられた。

むしろ俺が攻撃するのが躊躇《ためら》われるほどで、いっそのこと、ひと思いにとどめを刺してやるべきだろうかと考えさせられるような一方的な戦い。既に自我を喪失し、ただ力なく暴れ回るだけのかつての仇敵は、先日見たスカーレットが蘇《よみがえ》らせる《不死者》のようですらあった。

「アアアアアアアアアアアアアアアアアアア――ッ！」

しかし、そんな迷いだらけだった戦場もようやく終局の時を迎える。

白目を剥《む》いて叫んだコウモリの両耳から、暴走したように《触手》が生えてくる。シードの《種》から発芽したそれは大きく膨らみ、尖《とが》った先端が俺を狙う。恐らくは、残っていた力もすべて集約したのだろう。であれば、これで終わりだ――俺は迫り来る《触手》に、銃弾を撃ち込んだ。

「……ガッ、ア」

体液が飛び散ると共に《触手》が弾《はじ》け飛び、コウモリは短く叫ぶと、その場で膝を折った。これで体内の《種》も破壊できただろうか。

「許せ、コウモリ」

そうして俺は、崩れ落ちたコウモリの頭に銃口を向ける。

四年ぶりに再会したかつての仇敵《きゆうてき》。

言うなれば四年前のあの日、コウモリが起こしたハイジャック事件をきっかけに、俺の非日常の旅は始まった。だからシエスタとの出会いを仮に運命と呼ぶのなら、こいつとの出遭いはやはり因縁として語られるべきだろう。

だが、それも今日で終わる。

俺がこの手で、終わらせてしまう。

あと数百グラムの力を、この引き金に込めるだけで――

「……ハハッ、皮肉なもんだな」

「……！」

その時、コウモリがゆっくりと顔を上げた。《種》が破壊されたことで自我が戻ったのか、さらには視力を失ったはずの瞳で俺を見上げると、薄く微笑《ほほえ》んでみせる。

「コウモリ！　今、手当を……」

「おいおい、さっきまで殺し合いをしておいて今さら何を言っている」

どうせもう助からんだろう、とコウモリは血だらけの自身の姿を一瞥《いちべつ》し、皮肉に笑ってみせる。また、シードの器として使われた代償なのか、身体《からだ》の所々にひびのようなものが入り始めていた。

「まったく。あの廃工場で格好つけて死んだつもりが、こんな無様な姿を晒《さら》すとは」

そう自嘲するコウモリを、俺は橋の欄干に運んで寄り掛からせる。

「っ、今はもう喋《しゃべ》らなくていい」

「ハハッ、もう死ぬんだ。最後ぐらい好きに喋らせろ」

座り込んでいるコウモリはこんな時でも戯《ざ》れ言《ごと》を吐き、ニヒルに笑ってみせる。

「とはいえ、上手《うま》く頭が回らんな。言っておくべきことがあった気はするが」

そう言うコウモリの身体は、ひびの入った場所からぽろぽろと崩れ出す。

「ああ、せめて死ぬ前に一本吸いたいところだったが……ダメみたいだな」

コウモリは震える指先で、血だらけになった煙草《たばこ》を捨てる。戦いの中で血に浸ってしまっていたらしい。これでは火はつかないだろう。

「これで良かったら」

するとその時、ふと細い指先がコウモリに向かって煙草を差し出した。

シャーロット・有坂《ありさか》・アンダーソン――俺たちの戦闘を見届け、彼女を含めた三人が、いつの間にかそばに近寄っていた。

「まあこれ、あの人のなんだけどね」

なるほど、風靡《ふうび》さんからかっぱらってきたブツらしい。ああ、俺も禁煙詐欺もいい加減にした方がいいと思っていたところだ。

「そりゃあ良《い》い気分だな。ハハッ、代わりにオレが吸ってやろう」

そうしてコウモリの咥《くわ》えた煙草に、シャルがライターで火をつける。

「――美味《うめ》えなあ」

コウモリは大きく煙を吐き出しながら、浸るようにそう漏らした。

「あなたに、言っておきたいことがあったの」

次にコウモリのそばに寄ってきたのは夏凪《なつなぎ》だった。

「ありがとう、あたしの心臓の持ち主を教えてくれて」

それは約一ヶ月前、夏凪《なつなぎ》と共にコウモリが収監されている刑務所に行った時のこと。コウモリはその特殊な耳によって、夏凪の心臓の提供者がシエスタであることを見抜いたのだった。

「あの日からあたしの人生はまた動き出した。その事実を知らないままだったら、あたしは過去とも向き合えなかった。なにも思い出せないままだった。だから」

ありがとう、と夏凪は重ねて言った。

「ハハッ、まさか人から感謝を伝えられるような生き方をした覚えはないが……そう悪い気もしないな」

コウモリは虚《うつ》ろな目でそれでも夏凪の方を見つめると、

「その心臓と共に使命を果たせ」

ぶれることのない、まっすぐな声で彼女の背中を押した。

夏凪は柔らかく微笑《ほほえ》み返すと、場所を俺に譲る。

「……ああ、こんな話をしたおかげか、言うべきことを思い出した」

するとコウモリは、片腕となった左手で俺の肩を掴《つか》み、

「お前は諦めるな」

彼の中のなにかを託すように俺に語りかける。

「オレは失敗した。だが、お前はまだやれる。たとえ何を犠牲にしても、何を代償に捧《ささ》げたとしても、それでも己の願いを叶《かな》えるために、歩みを止めるな。思考を放棄するな。人はそれを禁断の果実だと諫《いさ》めるだろう。修羅の道を進むお前を嗤《わら》うだろう。それでも、お前の中に渦巻くその願いが本物なのだとしたら、何を賭してでも叶えたい願いならば――縋《すが》れ。縋って、掴め――君塚君彦《きみづかきみひこ》」

コウモリはそう言って、初めて俺の名を呼んだ。

「――ああ、分かった」

俺が応えると、コウモリはニヤリと笑ってみせた。

「さて。四方山話《よもやまばなし》に花を咲かせてるうちに、ぼちぼち寿命らしい」

コウモリの指先から、ぽとりと煙草《たばこ》が落ちる。

「身体《からだ》が寒いのか熱いのかも分からない、耳も遠くなってきた。なるほど、これが死か」

「っ、コウモリ。俺が……俺たちが必ずシードは倒す。だから」

「安心して逝けってか？　敵にこれだけ情けをかけられるとはな、まったく。一流のエージェントも堕《お》ちたものだ」

ハハッ、と。

コウモリはいつものように笑う。

そんなコウモリのそばで、一人の少女が膝を折る。

「コウモリさん……」

そうして少女は……斎川唯《さいかわゆい》は涙をいっぱいに溜《た》めてコウモリの左手を握る。

「ハッ、なにを泣いている。サファイアの娘」

「だって、コウモリさんはわたしを守って……それに、わたしはまだコウモリさんから教えて貰《もら》いたいことだって……！」

「何度同じ事を言わせる」

コウモリはキツい言葉で、だが諭すように斎川に伝える。

「あの時オレは、オレの我を通しただけだ」

それは俺も知らない、コウモリと斎川だけの物語。だがきっと、復讐《ふくしゅう》という共通の命題を背負った二人だからこそ、たとえそれに対して互いに違う答えを見出《みいだ》したのだとしても、彼と彼女だからこそ分かち合えたものが、確かにあったのだ。

「もう一つアドバイスだ。敵にピストルを向けた時は躊躇《ためら》わずに頭を撃ち抜け、それが鉄則だ。そうだな、今日帰ったらピザでも食べながらゾンビ映画をたくさん観《み》るといい」

そう言ってコウモリは、泣きべそをかく斎川に向かって口角を上げる。

「覚えておきます……！」

すると斎川はぼろぼろと大粒の涙を落としながら、それでもコウモリに向かって大声で言う。

「ああ、そうだな、一瞬の躊躇いや隙がピンチを招くことも……」

「そうじゃないです……コウモリさんのことを、わたしはずっと覚えておきます！」

斎川のその叫びに、コウモリは見えないはずの目を一瞬見開いた。

「あなたが妹さんのことを二十年間、一時も忘れなかったように！　わたしがずっと両親の姿をこのまぶたに焼き付けているように！　これからわたしは、あなたのことを覚えておきます！　この左眼《ひだりめ》がずっとずっと、あなたの姿を覚えておきます！　あなたの守りたかったものは、わたしが……ここにいる四人がいつまでも覚えています！　だから――」

斎川は顔をぐちゃぐちゃに泣き腫らしながら、それでも、最後は笑顔で言う。

「だから、安心してください――アルベルトさん」

そうして彼女は、恐らくコウモリの本当の名前を呼んだ。

「――そうか」

欄干に寄り掛かったコウモリは、小さな器から零《こぼ》れるような声で呟《つぶや》くと、太陽に向かって震える手を伸ばす。

「思いは、消えないのか」

そう。たとえその身が滅びようとも、思いだけは消えない。

誰かがそれを覚えている限り、その遺志は決して死なない。

「ハハッ、それは、知らなかった」

最後に知れて良かった、と。

コウモリはまるで二十年前に遡ったような、少年のような笑顔を浮かべる。

そうしてコウモリは太陽の光を浴びながら——その光の向こう側に、誰かが見えているかのように、最後にこう呟《つぶや》いた。

「会いたかった、エリー」

【第六章】

◆最終決戦

コウモリと別離の言葉を打ち交わした俺たちは、それから再びシャルの運転する車に乗ってシードを追跡した。奴《やつ》が逃げ込むであろう場所として、太陽の光が届かない建物などに捜索の範囲を絞り、かつ斎川《さいかわ》の《左眼《ひだりめ》》によって効率よく当たりをつけていく。

やがて俺たちは、郊外にたたずむ、今は廃墟《はいきょ》と化したとある大型ショッピングモールに到着した。解体工事がいまだに進んでいないそこは、建物全体を大量の植物の蔓《つる》が覆っており、館内は昼間であるにもかかわらず、懐中電灯を使わねばならないほどに薄暗い。そんな中を俺たち四人は歩いて進み、やがて、三階の立体駐車場で——目的の相手と邂逅《かいこう》した。

「……君塚《きみづか》、気を付けて」

「ああ、夏凪《なつなぎ》は斎川を頼む」

シードに器として狙われている斎川を、夏凪と共に後ろに下がらせる。

「君塚さん……あとで、ゾンビ映画を一緒に観《み》ましょうね？」

「ああ、今のうちにプライム会員の手続きをしておいてくれ」

そんな軽口を斎川《さいかわ》と交わし……それから俺はシャルと目配せをし合って、二人でシードと向かい合う。

「——来たか」

十数メートル先、空車だらけの駐車場の一番奥に敵はいた。

灰色とも銀色とも形容しがたい色の長髪。国籍や性別すらも超越したような無個性で無表情の顔は神々しさすらあり、見る者に畏怖を抱かせる。

人体構造そのものを模倣できる《原初の種》は、その他の有機物もまたある程度自在に複製できるのだろう。薄い鎧《よろい》のようなものを新たに纏《まと》ったそいつは、しかしわずかな時間でも太陽光を浴びた後遺症か、首筋にひびが入っているのが分かる。右耳も欠いているようだが、鎧で隠れている部分もダメージを受けているのだろうか。

「なぜ貴様らはそうまでして戦おうとする？」

腰に手を伸ばそうとした俺を、しかしシードが暗紫色の瞳で射貫《いぬ》いた。

「今争う理由がどこにある？　よく考えろ。俺が貴様らの言うところの仇敵《きゅうてき》であるからか？　過去の因縁、同族の死、その恨みを果たす局面として今この舞台が相応《ふさわ》しいから、と。もしや、かような感情論で武器を取るつもりか？」

理解に苦しむ、とシードは一切感情のない声で語る。

「じゃあアナタには戦う意思がないと？」

シャルは警戒を解かず鞘《さや》に手をかけたまま、敵の意図を探るように目を細める。

「最初からそのつもりだ。無益な戦いによって無駄なエネルギーを消費することほど、無意味なことはないと思わないか？」

それはシエスタの手紙にも書いてあったことだ。シードは積極的に戦闘を好むわけではなく、あくまでも自身の計画を遂行するために、配下を使って事件を起こしていた。

「シード、お前は一体何だ？」

俺はそんな抽象的で、それでもきっと知っておかなければならないことを敵に訊《き》く。

「俺が知っているお前は、宇宙から飛来した植物の種だということ、太陽の光が天敵だということ、そしてそれを克服するために人間の器を育てていること——たったこれだけだ。お前は、本当は何者で、一体なぜ人類への侵略を犯してまで生存本能にこだわる？」

そんな、きっと今さらの問いに対してシードは、

「この地球に不時着したのは、五十余年前のことだ」

それでも自らの来歴を、敵意を見せることもなく語り出す。

戦わずしてこの場を収めようとしているのはむしろシードの方かのように。

「絶対零度から華氏一万度まで耐えうる外殻を伴い、《原初の種》として宇宙空間を漂っ

ていた俺はある時——遥《はる》か何万光年離れた銀河で起こった超新星爆発による衝撃波を受け、大きく制御を乱してこの惑星へと墜落した」

「隕石《いんせき》のようなものか……」

俺は先日《SPES《スペース》》の研究所で見た《原初の種》のモデリングを思い出す。だがそれは小石ほどの大きさしかなかった。宇宙から飛来した《世界の危機》はかくして人知れず地球に降り立ったのだ。

「俺が落下したのは、暗く、寒い、砂漠のような不毛の土地。そして間もなく、まさにその寒さを感じたことで気付いた。外殻が破損していることを」

恐らくは墜落の衝撃によるものだろう、とシードは続ける。

「それでも俺は風に流されるまま移動を続けた。すると徐々に気温が上昇し、同時に辺りが明るくなってくるのが分かった——そして異変はその時に始まった」

「——太陽」

隣でシャルが小さく漏らした。

「《種》が急速に枯れていくのが分かった。だがきっとこの不毛の地さえ抜ければ、あの高く昇った熱の光源体から抜け出せるだろうと——そう考え、俺はわずかに残った外殻の欠片《かけら》を盾に、風に乗ってひたすら世界を巡った」

「……そして気づいたのか。この星に逃げ場がないということに」

きっとその時本当の意味で、奴《やつ》の意識に芽生えたのだ——生存本能が。

「っ、キミヅカ、あれ」

するとシャルが剣呑な声を発した。慌てて敵を注視すると、恐らくはコウモリが命がけで切り落とした右耳が、まるで水の中で泡が立つように、ぼこぼこと膨らみ出していた。細胞分裂を繰り返し、再生を始めているとでも言うのだろうか。

「やがて天敵の名を太陽だと知った俺は、徐々にこの星の仕組みを学んだ。この世界には昼と夜という概念が存在すること。狼《おおかみ》に蝙蝠《こうもり》、そして変色竜《カメレオン》など、多種多様の生命体が存在すること。そして——それら生態系の頂点にして、この星の支配者はヒトであるということ」

……ああ、その先はシエスタの手紙や研究所で見聞きした通りだろう。

シードは動物やヒトの体内に侵入し、その肉体構造を研究した。そうして次々にサンプルを集めるうちに、それらの生物に擬態する術《すべ》を手にする。その技術は器官を覚醒させる《種》の発明に繋《つな》がり……苗木の要領で生み出したクローンや、その《種》の力を求めて集まってきた人間たちを率いて《SPES》を組織した。

シードは太陽を克服するべくヒトの身体《からだ》を器にすることを目的とするものの、《原初の種》はヒトの養分を食い尽くし、器はすぐに枯れてしまう。そのため《種》に適合するヒトの器を育てるために、孤児院と称した実験施設を作り、夏凪《ヘル》やシエスタ、アリシアを見《み》出《いだ》そうとしたのだ。

「そう、この惑星に降り立ち、ここまで五十年かかった。ようやくこれで俺の生存本能は満たされると、そう思った」

シードは俺たちから視線を外し、どこか遠くを見つめながら漏らす。

「しかし、なぜか俺が知っているはずの未来は訪れなかった。俺の目の前で、二つの器は同時に失われた」

それこそがシエスタの弄した策。ミアと共に張った罠《わな》でシードを欺いた。

「だから今、代わって貴様らに俺はこう問おう」

敵の瞳が再び俺たちに向く。

「なぜだ。なぜそうまでして俺の目的を阻む？　どんな正当な理屈があって俺が生存本能を満たすことを妨げる？　俺はヒトという種族を、なにも壊滅させるつもりはない。器となり得なかった者達は、ただ俺の邪魔にならない範囲で生存すれば良《い》い。それで十分な棲《す》み分《わ》けはできているはずだ。にも拘《かか》わらず、なぜお前達はまだこうして争おうとする？」

必ずしも戦いを望むわけではないシードは、そうしてあくまでも対話で妥協点を探ろうとしてくる。だがそれはむしろ、俺たちにとっては好都合でもあった。いくら相手がダメ

ージを負っていて、数では俺たちが有利であるとはいえ、今まで数々の《調律者》たちが手を焼いてきた存在――戦って勝てる保証などあろうはずもなかった。

「お前の言いたいことは分かった」

俺は武器を構えないままシードにそう返答する。

「俺たちはお前を殺さないし、攻撃も加えない。お前の生存本能を否定するつもりもないし、生き延びるために必要なことがあればできる範囲で協力だってする。だけど――」

俺は一瞬だけ後ろを振り返り、そこにいる彼女たちを見て、改めてシードに告げる。

「でも、斎川唯《さいかわゆい》は渡さない。俺たちの仲間は誰一人犠牲にさせない」

シエスタも、夏凪《なつなぎ》も、シャーロットも、他の誰も――お前の器になどさせない。誰かの犠牲によって誰かが生き延びる――そんなやり方だけは認めるわけにはいかない。俺はそう、今は亡き名探偵にも同じ事を言いたかった。

「ああ、そういうことか」

シードがぽつりと口にした。

「なぜ俺と貴様ら人間の間で、こうも致命的なずれが生じるのか、ようやくそれが分かった」

「……どういうことだ？　なにが言いたい？」

なぜだか嫌な予感がした。次に奴《やつ》が口にするその言葉が、俺たちの間に決定的な断絶を生むのではないかと、そんな第六感が駆け巡る。だが最早《もはや》、それを先送りすることはできない。シードは慈悲もなく告げる。

「貴様ら人類は、とうの昔に生態系の頂点からは陥落している。にも拘《かか》わらず上位である存在の礎になることを拒否することは、自然界の理《ことわり》に反する」

それはたとえば、俺たち人類が他の動物を食べて生きながらえるように。シードはヒトを器にすることで生存本能を満たすのだと。それこそが自然界の新たなルールであると、シードはそう主張していた。

「お前たち人間は、牛や豚や鳥を食べることに罪悪感を抱くか？　逐一、それら各個体に対して特別な思いを抱くか？　それと同じ事だ。俺がお前たちヒトの身体《からだ》を器として利用することに対して一欠片《ひとかけら》の感情も湧くことはない」

「……ッ！」

シャルがキッと睨《にら》み、鞘《さや》にかけた手に力をこめた。

「自分の礎になってくれる者に感謝の念すら抱かないと？　それが誰で、どんな存在か気にも留めないと？」

「貴様ら人間は牛や豚の顔を区別できるのか？」

シードは目を見開いたまま、骨の音を鳴らしながら首を大きく傾ける。

「……ああ、そうか」

俺もここに来て、ようやく分かった。

シードは今、君塚君彦《きみづかきみひこ》やシャーロット・有坂《ありさか》・アンダーソンといった一個人と喋《しゃべ》っているわけではない。人間が足下に蠢《うごめ》く蟻《あり》の顔を区別できぬように、シードは俺たちを、あくまでもヒトという大きな枠組みによって認識しているのだ。

たとえば一年前のロンドンで《人造人間《クローン》》であるカメレオンが、逃げ出した夏凪《ヘル》をなかなか見つけられなかったように。そして長きにわたって共に《SPES《スペース》》として協力関係にあったにもかかわらず、一年越しにあの客船で夏凪《なつなぎ》に再会してもまるで彼女の正体に気付かなかったように。

その親であるシードもまた当然のごとく、普段から人間を個人として見ていない。せいぜい目の前の対象が、自身の器として不良品種か否かを見抜いているだけだった。

「これで理解できたか、人間」

そう言うとシードは瞬《まばた》きもせず、俺たち四人を集団として見つめる。

「これは善悪の話ではない。あるべき自然の形についての論理的帰結だ」

そんな、本当の意味では誰のことも見ていないシードに対して、俺は最後にこう訊《き》く。

「それでも抗《あらが》うと言ったら？」

「ヒトもまた、家畜に慈悲は与えまい」

ああ、そうだな。それを否定することはできない。

俺はホルスターからマグナムを引き抜き、敵に向かって構える。

「そうか。だけど人類《おれたち》は意外と諦めが悪いんだ」

◆ルートXの結末

シードの背中から複数の《触手》が伸び、尖《とが》った先端が俺たちへ向く。

敵は相変わらず無表情のまま。また、奴《やつ》は自分で言っていたように無駄なエネルギーの消耗を控えるべく、恐らく積極的な攻撃も行ってこない。だがきっと――反撃に関してはその限りではない。

「夏凪と斎川《さいかわ》は柱の後ろに隠れてろ！」

俺は背中越しに二人に言うと、シャルと共に前線に出る。

「作戦は？」

シャルが俺を一瞥《いちべつ》しながら、声を掛けてくる。

「ああ、いつも通りだ」

「特にないってことね」

それこそ、いつも通りの軽口を飛ばし合いながら俺たちは戦闘準備を整える。けれど空白の一年を除いて、俺とシャルはずっとこんな風にやってきた。

「褒めてもらえるかな」

ふとシャルが、いつもより少しだけ子どものように呟《つぶや》いた。

誰に、なんて訊《き》くまでもない。シャルの瞳に映っているのはいつも、背中だけで語ってきた偉大な名探偵の姿だった。

「きっとワタシは、キミヅカのことが羨ましかった」

シャルは俺に視線を送ることもなく、倒すべき敵に向かって走り出す。それに合わせて俺も銃を両手で握りながら、二手に分かれるようにしてシードに走り寄る。

「マームの後ろを追いかけるワタシと、マームの横に並んで歩くキミヅカ。一生その差が埋まらない気がして……ワタシはアナタに嫉妬してた」

でも、とシャルは続ける。

「ワタシはそれでいいって気付いた。——だって」

ブロンドの髪を一つに括《くく》って戦場を疾駆するエージェントは、自身に集中した幾本もの《触手》を風のような走りで躱《かわ》しながらこう叫ぶ。

「一歩後ろにいる限りワタシは、マームの背中を守れてたんだもの！」

そうしてシャーロットは迫り来る《触手》を黄金色の剣で切り裂き、さらに敵に近づくべく大きく跳躍する一歩を――

「――！　止まってください！」

だがその時、恐らくその《左眼《ひだりめ》》でなにかを見た斎川《さいかわ》が後ろで叫んだ。それと同時に、縦に横に大きな揺れが来る。

「……ッ、地震？」

シャルもその場で足を止める。

いや、違う。地震なんかじゃない、これは――

「Surface of the Planet Exploding Seeds――俺の《種》ならもう、この惑星の至る場所に蒔《ま》いてある」

シードがそう口にした瞬間、俺たちのいるこの駐車場の壁や床から大量のいばらが生えてくる。この建物は最初から、シードの手中に収められていた。

「……くっそ！」

俺は絡みついてくる植物を銃で撃ち抜く……が、それもキリがない。そして同じく斎川と夏凪《なつなぎ》にも大量のいばらが襲いかかる。マスケット銃を握った夏凪はなんとか対処できているも、武器に不慣れな斎川《さいかわ》はあっさりと棘《とげ》だらけの植物に取り囲まれてしまう。

「ユイ！」

そんな中、いち早く拘束を振り払ったシャルが斎川を助けに向かう。

金色の剣が踊るようにバサバサといばらを薙《な》ぎ払《はら》い、そしてすべてを斬り伏せたシャルが仲間へ救いの手を差し伸べようとした――その刹那。

「ッ、ダメです、シャルさん！」

再びその《左眼《ひだりめ》》がなにかを捉えた斎川がシャルを突き飛ばす。そして。

「――――ッ！」

そんな斎川の首筋を、死角から伸びたシードの《触手》が掠《かす》めた。

「斎川！」

傷口の深さはこの距離からでは分からない……だが掠った箇所が悪すぎる。首の右側から鮮血が溢《あふ》れ出す。

「……あれ、おかしいですね。コウモリさんのことは、一度はこれで、助けられたんですけど……」

首を押さえ、青白い顔でそれでも無理に微笑を浮かべようとする斎川。彼女の《左眼》による戦況の判断は、きっとこの場の誰よりも正しい。だがその判断に対して必ずしも斎川の身体《からだ》がついていけるとは限らなかった。

「ユイ……ッ！」

シャルが斎川の下へ再び駆け寄ろうとしたその瞬間。斎川の周りの床が崩落し……階下から伸びた大量のいばらに飲み込まれるようにして、彼女は言葉を残す間もなく俺たちの目の前から消えていった。

「斎川……！」

「唯《ゆい》ちゃん！」

俺と夏凪の声が重なる。だが最早《もはや》、この手は仲間の下に届かない。

「あああああああああッ！」

するといち早くこの戦場で今やるべき選択を下したシャーロットが、ブロンドを振り乱しながらシードに向かって疾駆する。

「あの器を仲間と言ったか？　まともに守れぬ貴様らがよくそう名乗れたものだ」

しかし斎川が怪我《けが》をするのはシードにとっても本意ではなかったのか、冷徹な瞳がシャルに向けられる。そしてシードの脊髄付近から生えた一本の《触手》は鋼のような銀色に染まり、特攻してきたシャルの握った金色の剣を迎え撃つ。その行く末は——

「……ぁ」

気付くとシャーロットは宙に浮かされていた。

剣が折れるのに次いで聞こえた、なにかが砕ける音。それから短い嗚咽《おえつ》を漏らした彼女は、鞭《むち》のようにしなる鋼の《触手》に腹部を捉えられ——そして。

「やはり脆《もろ》いな、人類は」

彼女はそのまま、建物を覆っていた植物も突き破って、立体駐車場の外へと投げ出された。

「……ここから地上まで、何メートルある？」

全身に鳥肌が立ち、血の気が引く。

いくらシャルでも受け身を取れない状態でこの高さから地面に叩《たた》きつけられたら——

「夏凪《なつなぎ》ッ！　追ってくれ！」

俺の口から出たのはそんなありふれた言葉だった。それが斎川《さいかわ》のことを指しているのかシャルのことを指しているのか、最早《もはや》そんな判断すらつかない。ただ仲間を助けてくれと、そんな単純で何よりも大事な依頼を名探偵に託す。その代わりに、俺は——

「シード……ッ！」

夏凪の返事を待たず、マグナムを手に一人シードの下へ疾駆する。シャルのおかげで、邪魔ないばらはすべて取り払われた。

「あと二体か」

シードの背中から幾本もの《触手》が俺に向かって伸びてくる。

今までの経験を全部活《い》かせ、致命傷になり得る攻撃だけを見極めろ、そして敵の喉元にこの鉛玉をぶち込む。それだけが今、俺のやるべきことだ。

痛みなど感じない。こんなものは、大切な誰かを失う痛みに比べればなんでもない。そうして俺はシードを目前に捉え、黒塗りの銃を右手に——

「そうだ。それが生存本能を高めるということだ」

そんな敵の声が聞こえた時にはもう、俺は冷たいコンクリートの上を転がっていた。いや、床が冷たいのか、それとも俺の身体《からだ》が冷たくなっているのか。どうやら敵の《触手》をもろに喰《く》らったらしく、身体が上手《うま》く動かない。打ち所が悪かったか、それとも血を流しすぎたのが原因か。

「——どうでもいい、そんなことは」

まずは立ち上がらなければ話は始まらない。

そしてもう一度走り出し、《原初の種》を破壊しなければ。だから今は、この鉛のように重くなった身体《からだ》を動かさなければならないのだ。

「──動けよ」

そんなことは分かっている。

分かっていても──身体はもう、言うことを聞いてくれなかった。それでも最早《もはや》、焦りという感情すらも湧かない。それほどまでに意識が朦朧《もうろう》とし始めていた。

これで俺の物語は終わる。

シードを倒して《SPES》《スペース》を殲滅《せんめつ》することもできなければ、最愛の相棒を取り戻す未来も実現できない。そんな現実を覆すだけの力はもう、俺の中には残っていなかった。

「──ここまでか」

そうして俺は自らの死を悟り、もう一度立ち上がった。

俺のそんな姿を見て、シードが初めて表情をわずかに歪《ゆが》める。

なぜまだ立ち上がれるのか、その答えは俺自身も分からない。《種》を摂取したことで驚異的な身体能力や回復能力を得ているのか、単純に死の淵《ふち》に立ったことによって異常なアドレナリンが出ているのか。

あるいは、そうだな。

「シエスタが、誓ってくれたからか」

一度も俺に泣き顔を見せたことのなかったあいつが。いつか必ず、もう一度俺に会いに行くと――そう、泣きながら誓ってくれたから。だから俺はもう一度、本当の意味でシエスタと再会するまで、死ぬことだけは決して許されない。

「それが俺の、生存本能だ」

そうして俺は、震える手で銃口を敵に向けた。

「大丈夫だよ」

その時、すべてを包み込むような柔らかな感触が腰から背中にかけて伝わった。

振り返らずとも分かる――夏凪《なつなぎ》だ。

夏凪渚《なぎさ》が、後ろから俺を抱き締めていた。

「君塚《きみづか》にはやるべきことがあるでしょ？　だから今は少しの間眠ってて」

優しい声音が、まるで催眠のようにじわりと脳に溶け入ってくる。俺はそれに対してなにかを言おうとして、けれど自分の意思に反して重くなってくる瞼《まぶた》に阻まれた。

「夏《なつ》、凪《なぎ》……」

そうして俺はその場に崩れ落ち、そのまま眠りに就く直前——赤い瞳に焔《ほのお》を宿した少女が、巨悪にこう宣言するのを聞いた。


「世界の敵は、名探偵《あたし》が倒す」

◇探偵代行——夏凪 渚《なぎさ》

「その人格でも俺の《種》を使いこなすか」

少し離れた先にいるシードは、あたしを冷たく見下ろしながら言う。あたしが、ヘルの言う《言霊》の力を使ったのを見逃さなかったのだろう。

「あたしのことはちゃんと区別できるんだ」

この身体《からだ》が、手塩に掛けて育てた品種《うつわ》だからだろうか。だとすれば、余計に不良品種として反感を買っているかもしれない……なんて。今さらそんなことは関係ないか。どの道あたしはこの男に戦いを挑むのだ。最後にもう一度だけ君塚《きみづか》の寝顔を見て、彼に背を向けるようにしてあたしはその場に立ち上がる。

「唯《ゆい》ちゃんをどこへ連れて行ったの？」

「正式な器にするためには準備がいる」

シードはあたしの質問に正面からは答えない。けれどその回答は、まだ唯ちゃんは確かにどこかで生きているという風に聞こえた。シードの器になるには、その肉体が死を迎えることはあってはならないはず——だったら、まだきっと唯ちゃんを助けられる。

「貴様もそれを邪魔するつもりか」

あたしがマスケット銃を握ったのを見て、シードが淡々と問う。

「貴様の肉体にはもう二つの人格が眠っていると認識しているが、それすらも表出させずに戦うつもりだと？」

ヘルとシエスタのことだ。その二人こそが、元はシードの最有力な器候補だった。けれどそれがシエスタの策略によってこの身体《からだ》に二人の意識が集約され——結果、シードは器候補を同時に失うことになった。

すでにヘルとシエスタという強力な自意識が眠るこの身体を無理矢理《むりやり》に奪おうとすれば、その外側にあるあたしという器は容易に壊れてしまうだろう。ゆえにシードはこの身体を器にすることを諦めた。だからこそ——

「そう、あたしが戦う。だって、もしあたしがここでヘルと意識を入れ替えたら……あなたはまたこの身体を器にしようとするでしょ？」

そう、ヘルとシエスタという強力な二つの意識が内側に眠った状態にあるからこそ、シードの意識の侵入を防ぐことができる。でもあたしではきっと、その役目は担えない。だからあたしは、あくまでも外側からこの身体を守るしかない。

「たとえ戦闘の上で不利になろうと、死のリスクがあろうと、俺の器にだけはならないと、そう言いたいのか」

そう、シードが器を手に入れることだけはあってはならない。唯一判明している太陽という弱点を克服されては、シードを倒すことは今以上に絶望的になる。だからここでこの身体を、シードに奪われるわけにはいかない。——だけど。

「一つ勘違いしてるみたいね」

あたしはあえて、微笑《ほほえ》みながら言う。

きっとあの名探偵だったら、こんな時も笑ってみせるのだろうと思って。

「あたしは器にされるつもりもないけど、死ぬつもりだって毛頭ないから」

そうしてあたしはシードに向かってマスケット銃の引き金を引いた。その銃弾は当然と言うべきか、敵の《触手》によって本体に到達する前に防がれる。でも——それこそがあたしの狙いだった。

「これであなたの触手は二度とあたしに攻撃することができない」

それはシエスタが昔使っていた、自身の血を込めた紅い弾丸——これに撃たれた者はマスターに逆らうことができなくなる。すなわち、これでシードはあたしを……あたしの中の心臓《シエスタ》を攻撃できない。

「そうか。俺に敗れた後、アレはそんなものを手にしていたか」

シードは背中から伸ばしていた《触手》を一度下げる。

「だがそれは元はと言えば、同品種での争いを防ぐために俺が遺伝子を組み換え、生み出したシステムだ。いくらでも対抗策はある」

そう言うとシードは、あたしの頭上に向けて《触手》を勢いよく放った。

「……っ！」

その攻撃は天井を捉え、大きな蛍光灯があたし目がけて落ちてくる。どうにか避《よ》けるも、割れたガラスの破片が足に刺さる。

「……あたしじゃなくて、あくまでも他の対象物を狙うってわけ」

そうして間接的にあたしを攻撃する——それがシードの狙いだ。

「本来無駄なエネルギーは使いたくないが、しかし今、新たな器が手に入る算段はついた。不良品種を間引くという、親としての責任だけは果たして帰るとしよう」

シードは淡々とそう言い放つと、背中から合計四本の《触手》を生やし——またそれらは意思を持ったように、うねりを上げながら、あたしの周囲の天井や壁を目がけて襲いかかってくる。

「っ、当ててみろ」

あたしはあえてそんな強い言葉を吐きながら、落ちてくる蛍光灯や、飛んでくる支柱の破片を交わす。数年にわたってヘルがこの身体《からだ》を使っていたおかげか、もしくは今も一緒に戦ってくれているからか、きっと常人では不可能な動きであたしは敵の攻撃をひたすら避け続ける。

「これはシャルの分」

そうして土煙の中、攻撃を掻《か》い潜《くぐ》ったあたしは銃弾を放つ。弾は敵の肩に命中、血液とは違う緑色の液体が勢いよく飛び散る。……それでも敵は顔色一つ変えることなく、不自然な角度で首を傾《かし》げる。

「同族の敵討ちか？」

「シャルはあれぐらいのことじゃ死んだりしない」

そう答えながらあたしは柱を背にして息を整える。

「でも、敵討ちというなら」

そしてあたしは、通常よりも弾の装填《そうてん》が容易になるよう改造されたマスケット銃に、次

の一撃を込めると、

「アリシアが味わった痛みは、あんたに返す」

再び姿勢を低くして、敵の下へ駆け寄る。

「つまるところは感情論か」

「……痛……ッ！」

気付けばあたしの足下にはいばらが生い茂っていて、その棘《とげ》が足に突き刺さる。そうして身動きが封じられた隙に、敵の《触手》が近くの乗り捨てられていた車を持ち上げ、あたしに向かって投擲《とうてき》してくる。

「あああああああっ！」

あたしは足下の植物を銃で撃ち抜いて拘束を解くと――

「動け、あたしの足！」

そう《言霊》で自分自身に命令することで、無理矢理《むりやり》血だらけの足を動かす。そうして間一髪で、あたしは巨大な鉄塊から身を躱《かわ》した。

けれど、その直後に耳朶《じだ》を打った爆発音。壁に叩《たた》きつけられた車は大破し、漏れた燃料に火が点《とも》る。草木が生い茂るこの立体駐車場は、たちまち炎に包まれていく。

「……っ、関係あるか」

額を流れる汗と血を拭って。あたしは自分にそう言い聞かせ、また銃に弾を込める。これで手持ちは最後だった。

どうやったらあいつに勝てるだろうか。あたしは今まで、この胸に渦巻く激情を武器に戦ってきた。そして君塚《きみづか》もそれを頼りにしてくれていた。……だけど今回の敵には、なにを訴えかけようにも、そもそも感情という概念すらない。そんな相手に、あたしは一体なにができるのだろうか。

「もう一度だけ問おう」

すると、ちょうどその時。まるであたしの思考を読んだかのように、炎で囲まれた戦場で、シードが冷徹な声でこうあたしに尋ねた。

「なぜ貴様らヒトはそこまで感情なるものにこだわる？　時に、生物の最も根源的欲求であるはずの己の生存本能よりも、感情に基づく行動を優先し、選択する？」

ただの一度も瞬《まばた》きをせず、単なる知識欲を満たす目的でもなく、恐らくシードはこの惑星に降りたって以来抱えていた命題を、ヒトであるあたしに投げかけた。

「──気付かなかったんだ」

チャンスは、沢山あったのに。

あたしは唇を噛《か》みしめ、それから炎の中でシードに向かって叫ぶ。

「アリシアは身の危険を顧みず、あたしとシエスタを守ろうとした——それが友情。ヘルは常にあなたに寄り添い、どんな時にも尽くしてきた——それが衷情。唯《ゆい》ちゃんは両親のことを思い、両親はそんな一人娘のことを一番に考え続けた——それが愛情。シャルは亡きシエスタの遺志を継いで、たった一人で使命を果たし続けてきた——それが熱情。アルベルトさんは妹さんを救うために、自分の人生すべてを賭けた——それが切情。そしてシエスタは、君塚《きみづか》に、あたしに、仲間達に、すべてを託して死んでいった——それが激情。その全部——全部が人間の感情で、その感情こそが人間を人間たらしめるものだから！」

それがあたしに今出せる、精一杯の答えだった。

「そうか。欠片《かけら》も理解はできなかったが、ヒトが虫の音を意味ある言葉として知覚できないのと同じ事だろう」

しかしシードは燃えさかる炎の中、少しも表情を変えずに告げる。

「さて、遺伝子の組み換えは済んだ。これで俺は再び貴様を攻撃できるだろう」

シードはこの戦いの最中に自らの遺伝子を操作していた……今また敵の《触手》の先端はあたしに向いていた。そして今あたしの後ろには、君塚が眠るようにして倒れている。逃げることは許されない。

「……っ」

あたしはさっき、シードにたった一人だけ、その人物を語ることをしなかった。

あたしの相棒にして、助手の男の子――君塚君彦《きみひこ》。

彼がシエスタのことを誰よりも大切に思っていて、たとえそれが人間の踏み入ってはならない禁忌の領域だとしても、彼女を取り戻そうとしている――それがどんな感情なのかについては、今あたしがここで口にすべきではないと思った。もしかしたら、まだその感情に相応《ふさわ》しい言葉は、この世界に存在しないのかもしれない。

だったら君塚はいつか、その答えを見つけるべきだ。たとえ禁断の果実に手を出して、そのせいで世界を敵に回して、もしかしたら《調律者》とも戦う羽目になったりして――それでも君塚君彦はシエスタを取り戻す。いつか絶対に取り戻す。そう断言できる。だって今のあたしはもう、その未来に至るルートに気付いている。

『それでいいの？』

ふと、あたしの脳裏にそんな声が響いた気がした。

それは二日前、イギリス一高い時計塔で、未来を見通す少女に尋ねられた問いだった。

君塚に席を外させてあたしと二人きりになった彼女は、定められた運命を覆し、死者を生き返らせるという禁忌を犯そうとすることで、代わりに生まれる歪みについてあたしに告げた。

それは《巫女《みこ》》としての資質を持つ者がこの世界に同時期に一人しか存在しないように、《名探偵》もまた一人しか世界には必要とされないという可能性。だからこの先、シエスタが生き返る未来を実現するならば、その時あたしは──

「いいよ、それで」

あたしは、あの時即座には答えられなかった問いに、今そう答える。

「だって、そうでしょ？」

あたしに与えられた役割は。

今ここで果たすべき、あたしの使命は。

「──探偵代行だ」

一年前から、そう決まっている。

「…………………っ！」

刹那、シードの《触手》があたしの腹部を貫いた。

「……………………っ、あ、……っ」

感じたことのない激痛が襲い、意識が飛びかける。《触手》が抜けると、どぼどぼと、音を立てるように赤黒い血が滴り落ちる。この傷はもう助からないかな。──それでも。

「走れ、あたしの足！」

もう一度あたしは《言霊》の力で、そう自分自身に強く、強く命令する。

走れ、走れ。

痛みなんて関係ない、前に進むこと以外忘れてしまえ。

「あたしじゃ、あなたには敵《かな》わないのかもしれない！」

ずっと病院のベッドにいたあたしは、百メートルを全力で駆けることもできなかった。だけど今は、こうして走れる足がある。走らなければいけない理由がある。だったらこの足は止まらない。

「でも、いつの日かあなたを打ち倒す存在が現れる！」

前を向いて、最後の力を振り絞って、あたしはそう世界の敵に宣誓する。そしてあたしは炎と黒煙に身を隠しながら、マスケット銃ではなくあえてもう一つの武器を握って敵に近づく。

「たとえばジャパンのアイドルが歌で説き伏せたり、ブロンド髪のエージェントがやっぱり武力で圧倒したり！」

それは昨日《SPES》《スペース》のアジトを発《た》つ直前に実験施設で見つけた、あたしのもう一人のパートナーがかつて使っていた愛刀の一つ。力を貸してと祈りながら、強くその柄《つか》を握る。

「あるいはジャケット姿の冴《さ》えない男の子が泥臭く言葉で説得したり、もしかしたら白髪の名探偵が誰にも思いつかない奇策であなたを倒すのかもしれない！」

敵までの距離は二メートル。そうして黒煙の中を駆け抜けたあたしは——ヘルの力を借りながら、紅《あか》いサーベルを敵の首筋に振りかざした。

「あたしはその未来を見届けられない——でもこれだけは言える！　あなたがこの星に君臨し、人類に勝つ未来は永遠に訪れない！」

そうしてやり遂げた、あたしの最後の戦いの結末は。

「……足りない、か」

紅い刃《やいば》は、敵の首を完全に落とすまであと数センチのところで、同じく剣のように変化した《触手》によって防がれていた。——そして。

「お前もか、ヘル」


薄らぐ意識の中、シードが微《かす》かにそう呟《つぶや》いたのをあたしの耳は捉えた。

「邪魔が入りそうだな」

そしてシードがそう口にした直後、遠くからヘリコプターが飛ぶ音が聞こえてきた。恐らくは援軍——そしてシードは、器の確保という最大の目的を果たしたからか、ふっと消えるように去って行った。

「……ここまで、かな」

どうやら《言霊》で脳を騙《だま》すのもさすがに限界らしい。足下がふらつき、あたしは思わずその場に崩れ落ちる。

「君《きみ》、塚《づか》……」

燃えさかる炎の中、あたしは這《は》うようにして倒れた君塚の下へ向かう。

酸素が薄い。血も流しすぎた。意識を保つことも、呼吸をすることもままならない。それでもあたしはこの手を……指先を、彼の下へ精一杯伸ばす。

「あり、が……」

そこから先は言葉にならなかった。

だけど最後に、ずっと夢見ていた何者かになれたあたしは今、少しだけ満足して眠りに就く。


あたしの名前は渚《なぎさ》。

探偵代行——夏凪《なつなぎ》渚。

探偵の使命を繋《つな》いだあたしの遺志はまた、次に戦う者へと受け継がれる。

【エピローグ】

目が覚めると、白い天井が視界に入った。

薬品の匂い、痛む身体《からだ》。ここは病院だとすぐに分かった。

「気がついたか」

ベッドと少し離れたところから、低い女性の声が聞こえる。頭を上げその方向を見ると、馴染《なじ》みの赤髪の女刑事——加瀬風靡《かせふうび》が、果物にナイフを当てているところだった。

「りんご、食べるか？」

「……さすがは暗殺者、刃物を扱わせたら一級品だ」

尋常ではないほど薄く完璧に剥《む》かれたりんごの皮を見ながら、俺はそう呟《つぶや》く。

「それで、俺はどれぐらい眠ってた？」

カーテンの向こうからは陽差《ひざ》しが入ってこない。少なくともあれから半日は経《た》っているということだ。

「ん、四十時間ってところだな」

風靡さんは腕時計を一瞥《いちべつ》しながら答える。どうやら、想定以上にサボってしまっていたらしい。

「まあ、かつての名探偵よりは早起きだろう」

しかし彼女はそう言って「まだ寝ておけ」と俺をたしなめる。

「……それで、風靡《ふうび》さん。なんであんたが今ここに？」

俺が訊《き》くと、彼女は煙草《たばこ》を取り出そうとして……しかし箱の中に戻した。さすがに病室で吸うのは躊躇《ためら》われたのか、それとも。

「お前に伝えるべき事は三つある」

すると風靡さんは、天井を見つめる俺に視線を向けながらここに来た目的を語り出す。

「まずは一つ――シャーロット・有坂《ありさか》・アンダーソンは今、意識不明のまま集中治療室に入っている」

それはあの廃墟《はいきょ》での決戦。シードの《触手》によって、俺の目の前でシャーロットは三階の立体駐車場から真下に突き落とされたのだ。彼女は恐らく意識を失ったまま、受け身の体勢も取れずに地面に叩《たた》きつけられた。一命を取り留めただけで奇跡に近いのかもしれない。

「今の容態は？」

「さあ、アタシは医者じゃないからな」

風靡さんはいつかも聞いたような台詞《せりふ》を返す。

「あとはあいつの意思の強さ次第だろう」

その意思というのが具体的になにを指すのかは明示しない。けれど今のシャーロットが一番望むものがなにかを考えれば、それを問い直すまでもなかった。

「そして二つ目——斎川唯《さいかわゆい》は今、シードに囚《とら》われていると思われる」

シードとの決戦の中、突如として建物を襲ったいばらに飲み込まれる形で、斎川は俺の前から姿を消した。

「斎川は無事なのか？　今、どこに……」

シードの目的は、斎川唯を自身の器として据えることであり、すなわち斎川が殺されることはないはずだ。だがもしも、既にシードが斎川の肉体を乗っ取っていたら……。

「アタシもあらゆる手段を使って捜索しているところだ。ただ、今のところはシードがなにか目立った行動を取っている気配はない」

「……反対に言えば、斎川が無事である保証もない、と」

であれば、やはり一刻も早く斎川を救い出す手を講じなければならない。本当の手遅れになる、その前に。

「それで、風靡さん」

俺はベッドで上体を起こしながら、彼女に訊く。

「夏凪《なつなぎ》は今、どこにいる？」

シャーロットと斎川《さいかわ》の現状を聞かされ、残るは夏凪渚《なつなぎなぎさ》ただ一人だ。

俺の代わりに一人、シードへ戦いを挑んだ彼女は——


「アタシが間違えていた。あいつは、探偵だった」


すると俺の質問に対して、風靡《ふうび》さんはぽつりとそう漏らす。

「責務を果たすためなら何を犠牲にすることも厭《いと》わない。そんな自己犠牲を、かつての《名探偵》から受け継いでいるあいつは名実ともに——」

次の瞬間、気づくと俺の目の前には赤髪の女刑事の顔があった。

「アタシを殴って何になる？」

無意識のうちに俺は布団を撥《は》ねのけ、彼女に掴《つか》みかかっていた。

分かっている。

こんなことをしても無駄だということは、誰に言われずとも分かっている。

それでも、その決定的な一言だけは、誰の口からも語られたくなかった。

「その拳はこれから先、本当に振るうべき相手に取っておけ」

風靡さんは、胸ぐらを掴んでいた俺の手を優しく下ろさせると、それ以上何も語らずに病室を去って行った。

残された俺は、ただ一人その場に立ち尽くす。

そう、自分でも本当はもう分かっているのだ。

ただ、その現実を認めるのが怖いだけ。

「夏凪は」

探偵はもう、死んでいる。

【Re:boot】

あれから三日が経《た》った。
俺の怪我《けが》は、なぜか相変わらず異常なまでに治りが早く、早々に退院が許された。
それでも左足の具合だけは悪く、満足に外を歩ける状況ではない。そんな境遇にあって
アパートに帰ってきた俺は、特に何をするわけでもなく、敷きっぱなしの布団に寝そべり、
ずっとテレビを漫然と眺めていた。学校では夏期講習が行われているはずだが、今さら参加する気など起きるはずもない。
「――また、これか」

一年ぶりだ。一年前も俺はシエスタを失い、こんな自堕落な日々を過ごした。

そうして一週間か、あるいは一ヶ月が経った後、俺は復学し、ぬるま湯のような日常を送ることになったのだ。

今はきっとそのぬるま湯にすら浸れない、凍える冷水に身を沈めている気分だった。さっきからテレビには海外ドラマらしきプログラムが流れているが、まったく内容は頭に入ってこない。そもそも海外ドラマなんて、何曜日の何時に放送されているものなのだろう

か。

カーテンも閉め切っているため、時間の感覚はまるでなかった。あの事実を知らされた日から三日経ったと自覚しているつもりだが、本当のところはそれも分からない。ただ家に帰ってきて、なんとなく短い睡眠を取ったのが三回だったというだけだ。

「――携帯」

枕元に放っていた端末で時間を確認しようとしたが、運悪くちょうどそのタイミングでバッテリーが切れてしまった。この数日、シャルや斎川《さいかわ》についてなにか進展があれば風靡《ふうび》さんから連絡が来る手はずになっていたが、結局なんの知らせもないままだった。

もう一つ、斎川の居場所を探る手がかりを求めて、俺はとある人物とコンタクトを取っていたが……それについてもまだ吉報は得られていない。

つまり俺は、すべて失敗した。

シャルに生死の淵《ふち》を彷徨《さまよ》わせ、斎川を敵の手から守ってやれなかった。そしてヘルと交わした、夏凪《なつなぎ》を泣かせるような真似《まね》はしないという約束を破り、俺は……。

「腹、減ったな」

こんな時でも腹が鳴るのは人体の欠陥だと思いつつ、俺はふらりと起き上がる。そういえば、アパートに戻ってきてからは水を飲んだ以外なにも口にしていなかった。

冷蔵庫を開けると、中には何も入っていなかった。かといって今から出かける気力も体力もない。代わりに俺は、出前のチラシでも入っていないかと、玄関内側に設置されているポストを開けた。

中に入っていたのはいつも通りと言うべきか、公共料金滞納のはがきが複数枚。

それからまさしく目的だったピザの出前のチラシ。

そして——宛名のない、一通の手紙があった。

差出人は不明。

心当たりはないものの、この郵便受けに投函《とうかん》されていたということは俺宛であることは間違いないだろう。

なぜだろうか。俺は光熱費の支払いよりも、そしてピザの注文の電話よりも、今はまずこの手紙を読まなければいけない気がした。そうして封を開けると……中にはA5サイズの二枚の手紙が入っていた。

「——これ、は」

その手紙は、「前略、君塚《きみづか》へ」という一文から始まっていた。

この手紙を読んでるってことは、もうあたしは君塚の隣にいないんだね。

――なんて、まさかそんな映画でありがちな台詞《せりふ》を自分が言うことになるなんて、思いもしなかったな。実は、ちょっとした予感……というか覚悟があってね。シエスタが君塚に手紙を残してたのを真似《まね》るわけじゃないんだけど、あたしも今これをロンドンの家で、君塚の寝顔を見ながら書いています。でも少しだけ勇気が必要で、実はここに来る前にお酒を飲んじゃったんだけど……やっぱりバレてたかな。

それでこの手紙は、もしもあたしの身に何かがあったら君塚に渡してほしいって、ある客室乗務員に渡す予定なんだけど、ちゃんと引き受けてくれるかな？　あ、でもこれを今君塚が読んでるってことは上手《うま》くいってるのか。よしよし。

というわけで、これまで手紙なんて書いたことないから今一つ何から書いたらいいか分かんないんだけど、まずは探偵らしく推理でもしてみようかな。

――今、君塚はめちゃくちゃお腹《なか》が空《す》いてる！

どう？　当たってるでしょ？

あたしのこの神がかり的な推理によると、唐突なあたしとの別れに君塚《きみづか》はめちゃくちゃ落ち込んで、何日も一人でアパートに引きこもってて、でもそろそろ何か食べないと……って重い足を運んで外に出ようとしたら、この手紙に気づいた、みたいな。うん、我ながら良《い》い読みな気がする。え？　そんなに落ち込んでないって？

むかつく！　倍殺し！

……なんて。実はちょっと不安だったりするかも。

ほら、君塚の目にはさ、やっぱりシエスタしか映ってないんじゃないかなって。だからあたしがどうなっても、実は君塚はそんなにへこまないんじゃないかって。まあ、その答えをあたしが知ることはもうできないんだけど……それでも、やっぱり少しぐらい泣いてほしいかもな。

……あー、いや、これはさすがに重い女アピールをしてしまった気がするので撤回。君塚が元気ならそれでいいや！　うん、それで万事解決。

てなわけで、ここから本題ね。

まず、君塚にお願い。

もしもこの手紙を読んでいる今もまだシードを倒せていなかったら——必ずいつか、君塚の手で倒してほしい。実はあたしにも秘策はあるんだけど……それで勝てる保証はなくてさ。だけどあたしがいなくなっても、頼りになる仲間は他に沢山いるはずだから、頼んだよ！


次に、謝罪。

だいぶ前だけど、あたしが君塚に約束したこと覚えてる？

あんたを置いて勝手にあたしだけ死んだりなんて絶対にしない、って。

だけどごめん、その約束、守れなかった。……怒るかな。

怒ってくれるといいな……なんてね。


最後に、感謝の言葉。

いっぱい助けてくれてありがとう。

一年前、ロンドンで。記憶を失ってたあたしに優しくしてくれて、ありがとう。薬指に指輪をはめてくれて、ありがとう。敵のアジトに連れ去られても助けに来てくれて、ありがとう。

それから、他にも沢山。あたしの心臓の持ち主を探してくれて、あたしはあたしの人生を生きていいって言ってくれて、クルーズ船の上で敵から助けてくれて、あたしの過去の罪を赦《ゆる》してくれて、夜の屋上で励ましてくれて、私の味方でいてくれるって言ってくれて、今日までずっと隣にいてくれて——ありがとう。

あたしは君塚《きみづか》に沢山のものを貰《もら》った。少しでもそれを返せたかな？　きっとまだまだなんだろうな。だからやっぱりもうちょっと、一緒に居たかったな。……いや、別に告白とかではないけど。あたしは君塚のことなんて何とも思ってないのであるからして。

まあ、でも。君塚はあたしのことをどう思ってたか分からないけど、あたしは君塚のこと、嫌いじゃなかった。嫌いなはずが、なかった。だからもしもこれでお別れだとすると、少し淋《さび》しい気はするけど——でも、あたしは探偵として、最後の仕事をやり遂げるから。

だからその時には、少しでいいから褒めてほしいな。

そこで手紙は終わっていた。

「……ふざけるな」

全部間違いだ。

そう。夏凪《なつなぎ》の言うことは、全部間違えている。
お前がいなくなっても俺は落ち込まないって？
見てみろ、三日動けなかったぞ、俺は。
飯を食う気力もなく、風呂にも入らず、気づけば顎髭《あごひげ》も伸びてきてる。今だってなんの意欲も湧かないまま、こうして床に座り込んでこの手紙を読んでいる。それがなぜ伝わらない？

一ヶ月前——ぬるま湯に浸っていた俺を、お前が引きずり上げてくれた。抱き締めてくれた。シエスタの思いを見て見ぬふりをしようとした俺を叱ってくれた。代わりに泣いてくれた。ぬばたまの夜に、俺を置いて死んだりしないと誓ってくれた。学校の屋上で、友だちでいてくれると言ってくれた。これまでずっと、俺の隣にいてくれた。俺はこんなにも——

「伝えてないのか、俺は」

その感謝の言葉を俺は、まともに夏凪《なつなぎ》に伝えたことがなかった。

夏凪は照れながらも、時に怒りながらも、不器用に言ってくれていたのに。

俺は本当の意味で夏凪に、なにも伝えられていなかった。

「また同じ失敗をしたのか」

一年前。そうやって俺は、シエスタに何も伝えられないまま死に別れたというのに。

「バカだ、俺は」

一年越しに同じ自嘲が漏れた。自分の愚かさに、情けなさに。だがいくら悔やもうが、もう遅い。探偵はもう──

「……っ！」

俺は思わず手紙をぐしゃりと握りしめた。

と、二枚目の手紙の裏に、何か文字が書かれていることに気づいた。

裏返してみるとそこには、「追伸」としてこんな一文が書かれていた。


──一個だけ忘れてた！　あたしがただで死ぬような女だとは思わないでよね？

「どういう、ことだ？」

その一文の真意が掴《つか》めず、俺が首をひねった——その時だった。

ふと、柔らかな風が吹いた。

いつの間に窓なんて開けていたのだろうか。

そう思い、俺は風が吹くその方向に顔を向けた。

「私の《七つ道具》の一つでね、この鍵に開けられない錠はないんだ」

俺しかいないはずの部屋に、一人の少女の声がする。

それはいつかも聞いた台詞《せりふ》だった。

そうやって彼女は断りもなしに俺の部屋に侵入しては、我が物顔で海外ドラマを見ながらピザを食べていた。

——そんな彼女が今、また俺の目の前にいる。

白銀色のショートカットに、吸い込まれそうな青い瞳。シックな色のどこか軍服を模したようなワンピースからは、雪のように澄んだ肌が覗《のぞ》いている。

その美しさは、まるで天使の生まれ変わりかのようだった。美人という言葉を辞書で引けばきっと彼女の名前が載っているし、Ｗｅｂでその名前を検索すれば関連画像には花や鳥や月の写真が並ぶだろう。

だからこの時をもって、俺の興味はただ一点、彼女の名前だけに注がれた。

だけど今の俺は、四年前に知らなかったその名前を——コードネームを知っている。

「……おい、不法侵入だぞ」

「まあまあ、私が勝手に侵入するのは君の家だけだよ」

そんな、いつかも交わしたような戯《ざ》れ言《ごと》を挟みながら彼女は俺に近づく。

「ねえ、助手」

そうして白髪の少女は一億点の可愛《かわい》さで微笑《ほほえ》むと、俺にそっと左手を差し出しながらこう言った。

「もう一度、仲間を助けに旅に出よう」

MF文庫J

探偵はもう、死んでいる。4

2020年11月25日 初版発行
2021年6月15日 6版発行

著者 二語十

発行者 青柳昌行

発行 株式会社 KADOKAWA
〒102-8177 東京都千代田区富士見2-13-3
0570-002-301(ナビダイヤル)

印刷 株式会社廣済堂

製本 株式会社廣済堂

Printed in Japan ISBN 978-4-04-680016-9 C0193

◇◇◇

この作品は、法律・法令に反する行為を容認・推奨するものではありません。

【ファンレター、作品のご感想をお待ちしています】
〒102-0071 東京都千代田区富士見2-13-12
株式会社KADOKAWA MF文庫J編集部気付「二語十先生」係「うみぼうず先生」係